孤单的人请抱抱自己

蔡照 著

中国华侨出版社

图书在版编目（CIP）数据

孤单的人请抱抱自己 / 蔡照著. — 北京 ： 中国华侨出版社，2017.9

ISBN 978-7-5113-7001-3

Ⅰ. ①孤… Ⅱ. ①蔡… Ⅲ. ①散文集－中国－当代 Ⅳ. ①I267

中国版本图书馆CIP数据核字(2017)第183913号

孤单的人请抱抱自己

著　　者：蔡　照
出 版 人：刘凤珍
责任编辑：安　可
装帧设计：胡椒书衣
经　　销：新华书店
开　　本：880mm×1230mm　1/32　印张：8.75　字数：184千字
印　　刷：北京市雅迪彩色印刷有限公司
版　　次：2017年9月第1版　　2017年9月第1次印刷
书　　号：ISBN 978-7-5113-7001-3
定　　价：39.80元

中国华侨出版社 北京市朝阳区静安里 26 号通成达大厦 3 层 邮编：100028
法律顾问：陈鹰律师事务所
发 行 部：(010) 82068999　　传真：(010) 82069000
网　　址：www.oveaschin.com
E-mail：oveaschin@sina.com

目录

叁

世界的味道还未曾尝过，反正生活太咸

肆

梦想，是做梦还是想象

伍

总有那么一个人，让你原谅这世上所有的刁难

陆

夜里不睡的人，白天总有什么需要掩饰的吧

柒

累了，就出去走走吧

愿我们能与未来握手言欢

捌

序言1
无关紧要的世界

翻开这本书，你会觉得很无聊吗？还是会一口气看完？无聊是一定的，因为如果有趣的事多了，不用多久，它们就会变得不再有趣，所以请继续看下去吧。此刻你也可以选择去睡觉，但你可能会错过最精彩的部分。

又翻了几页，感觉又无聊了？再坚持一下。

还是无聊吗？恭喜你，你已经发现比你刚才做的事情更无聊的事儿了……

终于打算合上书本了吗？想想看吧，花了几十块钱呢，还不看完，难道还烧了取暖，垫桌脚儿？！看这边，看这边，你可别想着拿我垫桌脚儿啊，我不同意，你不拿我垫桌脚儿，你就局器[1]，不然的话，你

[1] 局器，形容为人仗义，讲义气，大方。

就是抠门儿。

你有没有想过，现在的人们只有在强制要求下，才会选择以别的方式（退而求其次的方式）度过这一段时间——难熬的时间？比如，乘飞机的时候，空乘会要求大家关机，但是在日常生活中时时刻刻不离手机的人们会很不适应，甚至比缺氧还令人感到窒息，实际上他们也不是想要联系谁，或者想要做什么，其实就是无聊。

可能只有在这时候，我才会主动地打开书去遨游一番。而在家里，书籍充当着我的睡前读物。我很喜欢在飞机上的洗手间看书，因为那是一个完全属于自己的独立空间，完全自由。我从来不掩饰自己内心对自由的极度渴望，我认为人必须要有自己所追求的信仰，我的信仰就是……是什么呢？

你问我到底是做什么的？你好像什么都会啊，这么厉害，会拍照片，哇噻！还出了单曲啊，会弹吉他，能写东西出书，会演戏，居然还会做饭？！

以上是别人在慢慢了解我以后得出的结论。

其实，我是做什么的，连自己都还没有明确。做演员和歌手，我不是专业的，摄影才是我的老本行，但自从进入这个圈子以后，我深爱着唱歌与表演。其实我做的这些，无论是什么，都是我所热爱的，并不是希望别人因为我会得多才喜欢我。我希望的是，我做我喜欢的，而你正好喜欢我做的这些，认可了我，所以才喜欢我，是情投意合。这样的喜欢，让我感觉像得到了知己一般。

我身边也没有可以爱的人，并且很长时间了，因为工作了有事儿干了，就没时间想这些。让自己变得更优秀，以后才有资本去遇见更好的那个人。我原来也想，或许找到对的人挺难的，也越来越发现，生活特现实，所以就得变强。所有人的时间都是一样的，只要肯奋斗就好。我觉得事业与爱情不可兼得，起码在同一时间段里不可以，所以我会选择先把自己的事情处理好，再去寻找那个人。

这么多年以来，我习惯了用镜头去记录生活中那些微小却极致的瞬间，世界总是一副波澜不惊的模样，我曾尝试用文字去描绘，却始终不能百分之百地精准写出所感所想，所以更加信赖摄影，它是能真诚如一地表达我心中情愫的最佳途径。

写作是艰难的事情，这是我之前就切身体会出的一个事实。我一直在断断续续地写，但是都是些只言片语，微博上、备忘录中，很短。

一些文字，伴随我走过许多道路，我一直将它们藏在随身携带的笔记本里，不知道它们是否适合拿出来给更多人看到，总是有点儿担心那份原始、纯粹的感动和心情，会因为自己的文字表达得不恰当，而变得可笑。

心中始终不安，不知道我的文字是否能留住那些我想要留住的往昔。所以，我落笔之后，洋洋洒洒写下了以上的文字，全部走心，都是肺腑之言。这是一本什么都有的合集，我唯一能说的就是这本书很真实，我希望读到书中文字的人能从这些真实中读出我的真诚。以下内容纯属本人根据自己的人生经历所写，非虚构，如有雷同——呃，不会的，不会有雷同出现，雷同是谁？

如有雷同，那么你好，你一定是世界上另一个蔡照。（所以雷同到底是谁？）

好了，不开玩笑了，我们能够在偌大的时空中以这样的方式相遇，互相感觉到对方的温度，是我们彼此的幸运。

在人生这条道路上，谁曾被温暖，谁曾被冷落，我们都在用自己的方法让自己的爱情、生活、工作更加完整，学会与这个世界相处。

在末班的公交车上，独自看着车窗外灯火璀璨的城市从眼前掠过，觉得这个世界与自己无关。

在人潮涌动的喧杂清晨，挤在街头的人群中等待红绿灯的几十秒钟，觉得这个世界与自己无关。

在凌晨下起的淅沥小雨中，别人都安然入睡，仿佛时间停滞般寂静的时候，觉得这个世界与自己无关。

嗯，所以当你在汹涌的车流中，当你在无人的深夜街头，当你独自一人的时候，你不得不面对从四面八方袭来的孤独感。不过，不要紧，我们会遇到孤独，也会遇到惊喜，我们会在伤痛中沮丧，也会在下一个路口成长，生命就是这样自然而然地蔓延，就像结了雾的玻璃上，你用手指划下的痕迹，第二天一早醒来，没有半点儿迹象。

（注：遇到有些看不懂的词语，可能是北京方言，不要看注释，先猜一猜，或许你会懂。）

序言2

我们应该对每一天都充满希望，即使终将会失望

我喜欢以图像定格的方式，记录下每一个美好的瞬间，以及一刹那的灵感。

这个世界上只有两样东西可以让我安静下来，一个是爱情，另一个就是摄影。摄影是自由的，我喜欢完全的自由，喜欢不被一切所束缚的感觉，摄影恰好就可以带给我这样的感觉。

摄影可以掀起无数次头脑风暴。每当这个时候，我整个人都是身心愉悦的。它以照片的方式记录下永恒的美好，只是一瞬间，不夹杂其他成分的一瞬间，只有你所想表达的成分，只有摄影者的想法。在这个瞬间，你掌握了一切。

同喜欢摄影一样，我还喜欢经历各种不同的人生，但这是不可能完全实现的事情，因为人生只有那匆匆几十年。但摄影可以让你感受

到，因为会有各行各业的人们找我来拍摄，了解他们的家庭、工作、生活。我也可以间接地体验人生百态了，我觉得这样，这辈子才活得值得，活得充实，活得有意义。

“因为我觉得作为一个摄影师，你必须对你这个时代有责任感，因为你有权利制造影像，你必须用你的照相机告诉别人曾经在你身边发生了什么事情。”（肖全）

摄影师再苦再累都是值得的，因为我们是在用自己的所见所经历，拍出一幅幅自己想表达出来的东西。摄影师影响着镜头中的人物，镜头里的一切更加深深地影响着摄影师。摄影，是靠近幸福所在的一种潜意识行为。喜欢发照片给别人的人，只是想把最好的东西都分享给你，把每天经历的事情都以照片的方式解读给你，就像你在我身边一样，随时能体验我身边发生的一切。

有时候因为种种原因真的无法拿起相机去感知世界，再拿起来就很困难了，因为手生了，并且对拍摄的想法也生锈了，所以摄影师会寻找一个重新拾起相机的契机。

你或许会问：摄影对你意味着什么？

我的答案是唯一的：摄影是我此生不懈的追求。

在这本书里，我也以图像的方式，跟大家分享了我独一无二的经历。

不论是人物、动物、静物，还是景物，我每次与它们接触的感受和每次拍摄时的想法都是不一样的，我的想法绝不会被限制。摄影，让我找到了自由的空气。摄影，是一种靠着感觉和想法还有运气来成就的艺术，是此生不懈的追求。

我不想像通常那样，根据每张照片的内容来搭配一两句说明文字，而是讲述了我在拍摄这些照片时的想法与趣闻。

这张照片，
是我早先在家门口拍摄的一张。
浓浓的家的味道，
古代建筑就应该还原它原本的模样。
个人比较喜欢复古的感觉，
喜欢时代赋予它的沧桑感。
所以借助景深模糊了后景，
彰显古时的神秘感。

壹 成人礼

给自己的开场白

2016年8月25日，凌晨，我在沙发上一直坐了三个小时，终于得到了“回报”，那就是腰剧痛。

别人问我喜欢玩什么。

我喜欢——摄影、唱歌、做饭、打篮球、打游戏、文身，更喜欢和志同道合的人聊天、旅行，一路记录心情和感想。

我觉得我一直有拖延症，前几天，我还跟阿玛讨论写这本书的事情呢，他说我现在时间很紧张了，每天要写出一千多字，才能保证准时交稿。可是我现在还是不紧不慢的，我认识到了这个习惯很不好，可还是踏着优雅且缓慢的步伐，不到最后关头，依然不放过悠然自得的每分每秒。

写作的过程，感觉像是在和自己对话。因为这样可以时刻提醒自己与这个世界始终保持一种密切的关联。

很多时候我会觉得，自己做的许多事情特别苍白。

每天忙忙碌碌，从清晨睁眼开始，就为一天的工作做准备，很多时候直到夜深才结束，累得不想说话。但心里总是不充实，像松软的木头，膨胀得很大，但轻飘飘的，没有什么重量。（很想闲下来，结果闲下来也就意味着无所事事。可能大家总是在忙碌时期望悠闲自在，在闲得长毛时渴望工作的充实。不得不说，真贱哪！不是说你，我在阐述一个确切的事实。人们一生都在寻找一个既可以忙里偷闲，闲着的时候又可以瞬间充实的工作，工作厌倦了立马脱身去静谧自然中寻找安逸。这么自由轻松地转换身份、利用时间，绝对是大多数人梦寐以求的）

路经一所小学，正巧赶上放学时间，一群穿着校服的小孩子叽叽喳喳地从学校大门里涌出，他们三三两两地从我身边经过，用稚嫩的声调讨论着我听不懂的话题，样子活泼、生动。真的很想拦下他们，一本正经地告诉他们童年的生活有多么美好。

但是，我最终保持双手插在裤兜儿的冷漠姿势，从墨镜里看那些小孩子蹦蹦跳跳地从我身边经过，走远。

人行道路两旁的树，树干上满是时光的伤痕，枝叶被风吹动，发出“沙沙”的响声，阳光从罅隙间落到行人身上，每个人都背负着他们不自知的光亮，低头赶路，向着不知名的地方去。

我小的时候，有过许多关于未来的安排，和同学们背着书包，走过斑马线，在回家的路上，激动地畅想着成年之后的一切事宜。现在偶尔想起十多年前的自己，感觉这些年的经历就像是靠在大树阴凉下做的一场梦。

梦里，韶光洒落，裤脚下全是一地的记忆；醒来，拍拍衣服上的灰尘，打起精神继续前行。

不知不觉已经二十多岁了，在以前的自己来看，这个岁数真的是太大、太大了，大到可以暂时不去想，因为太过遥远。但是须臾之间，自己就已经被岁月的河流送到了曾经认为无比遥远的年纪。

总觉得长大成人是生命中一道门，但不知不觉地就轻易迈了过去，总觉得好多想做的事情都还都没有来得及做，就已经永远失去了去做的心境。可是，过去的生命中也已经塞满了自己做过的许多事情，只是如果不用力去想，根本就会被遗忘。

长大后，我选择了做一名自由摄影师，推着自己，背着相机，开始和这个并不算客气，也不对我温情脉脉的世界正式相处。职业的选择对我来说，并不是一件很困难的事情，也许是我对自己的要求太宽松，只是一心想着心安理得地做最舒服的自己就好了。

从小到大，我都不喜欢被拘束，也很少去预设结果，觉得前路太长，一切都会有最好的安排，我只需要安之若素就可以。摄影师的工作虽然单调，但足够自由，我可以按照自己的喜好选择工作伙伴，可以在自己愿意工作的时间去投入精力，在想要慵懒的时刻，无所顾忌地放空自己。

有人问我做摄影师是不是我最大的兴趣所在。

我无法毫不犹豫地点头，我只能说除了做这个，别的工作对我而言，没有任何吸引力。也不能说绝对没有，我原来想过当厨师（米其林几星都成）、做设计师（服装的那种）、做DJ（很嗨的那种）、文身师（全身都是tattoo的那种）……因为我不能安静地坐在座位上，小时候一度被确诊为多动症。如果天天都面对一成不变的工作，我怕会得抑郁症，这样的话，多动症与抑郁症相结合，不知道会出现怎样的“奇迹”。但不知不觉间，我就慢慢少了年少无知时的勇气，不敢向全世界坦白自己的想法了，总担心会受到冷眼和嘲笑，这也给自己找到一个后退的借口，也许这样，起码将来不会感到太狼狈吧。

每个夜里，我会尽量往自己的书稿里添加一些故事，或者描绘一种心情，就像笨手笨脚的工匠，想方设法地为自己所造的房子添砖加瓦，使它坚固。我总是和身边的人说，我是一个没有才华的人，真的不是故作谦虚，而是我发自内心地认为偌大的世界里，我这个样子的，总是过于普通。正因为如此，对待每一件事情，我总是小心谨慎，将完成的整个过程尽量做到完美。

工作变得越来越忙碌，属于自己的时间越来越少，有时在工作的间隙，也会恍然想一下，这样的生活是我自己想要的吗？小的时候，我常常会做一些稀奇古怪的梦：有时梦到自己长了翅膀，在北京城上空飞来飞去；有时梦到自己置身于五光十色的抽象世界中，周围忽明忽暗，根本看不清有什么东西；还有的时候会梦到更加荒诞、奇怪的事情。每一次从梦中醒来，就会想着长大以后世界是不是会真的如我梦中所见的这样，心里对这个世界充满了期冀。

时间无休无止地向前流淌，我才发现之前渴望过、想要实现的理想和目标统统寻不见踪迹。在写这本书的过程中，写得越多，越觉得一直以为和自己息息相关的世界，其实并不与自己相关联。

我试图整理之前所写下的文字，发现在我写下它们的时候，我充满了拥抱这个世界的渴望，但是当我回头再看当初的那些文字时，却无法再清晰地寻找到过去岁月中的那个自己了。在决定写这本书的时候，我就开始不断思索自己到底想要怎样的生活，今后漫长的几十年要如何度过。

一如既往地，没有确切的答案，我无法给自己一个准确的方向，也无法说服自己去做一个硬性的规划。我做的许多事情，自己也无法解释，比如摄影，如果一定要给出一个去做这件事情的理由，那我想比感兴趣更恰当的，可能是有安全感。

镜头中的世界，与眼睛所感受到的世界看似一致，但其实千差万别。镜头中的世界是独独属于我的，是我一个人所拥有的。有的时候因为需要找到某个东西，打开E盘里的文件夹，看到早已被遗忘在角落里许久的自己拍的照片，心底会升起一种温暾但持久的熟悉感。

不知该用什么样的语言去形容这种感觉，大概就像是在时光隧道中，偶尔邂逅了旧日的自己那种感觉。

曾经在一本书上，看到过这样一段话：“大部分人在二三十岁时就死去了，因为过了这个年龄，他们就只是自己的影子了，此后的余生则是在模仿自己中度过，日复一日，更机械、更装腔作势地重复他们在有生之年的所作所为，所思所想，所爱所恨。”

我不能接受自己从今以后只能做自己的影子，也不愿意日子单调机械地在重复中度过。我知道自己虽然无法成为一只鸟，飞越远处的山巅和河流，但也想尽自己的努力，以飞行的姿势在这个世界上成长。

犹如摧毁一项羞于示人的失败工程，在某个黎明到来之前，我把那些真实的悲伤、喜悦、迷茫，以及其他隐秘的情感，深深地藏在了心底，生怕会被旁人窥探到一二，被认为是一个“不一样”的大人。

可是，在这本书中，我就是想要把自己心中这些“不一样”的念头分享出来，写给许许多多的陌生人看，将自己以往的故事、心情、想法，包括身边人的趣事，统统放进书里，打包推送到一个显眼的位置。

就像一场隆重的开场白，我站在自己世界的中央，乐此不疲地表达自己想说的，以及没来得及说出口的话。不论有没有听众，我就这样畅所欲言，觉得很值得，终于有一个地方，可以容纳我的所思所想。

待它们汇聚成河，孤单的人啊，我们各自在河的两岸，望着彼岸，终于可以，真正面对，坦诚的自己。

如果漂泊是成长必经的路，何不趁老去前体验？2016.2.24

偶然间路过一个公园，
在里面看见了这位老人，
他坐在长椅上，
看向远方，
似在想念儿孙或是在观望行人。
随着年龄的增长，伴随着我们的将是更多的孤单，
对家人的想念可能是唯一的盼头。

成为不动声色的大人

我没有多么高远的志向，不求大富大贵、大红大紫，只是想做一个温暖的人，让我在乎的和在乎我的人都过得好，过得快乐。

不记得从什么时候开始，我不再是一副咋咋呼呼的熊孩子模样，而是变成了一个端端正正的大人模样。

从小时候一直到现在，我最厌恶的是那些大不了我几岁的人，以老大哥或者老大姐的口气，教育我或者调侃我："你还太小，你不懂……"这些话让我深恶痛绝，如果你是友善的，我可以笑而不语。但如果你是出于讥讽之心，那抱歉，我会认真地和你讨论一些你那么大也不曾看懂的事情。

其实每个人都有属于自己的世界，都有一定的阅历。凭什么你觉得自己比别人懂得就多，就仅仅因为你的年龄超越了别人而有了优越感？我觉得真正的懂事，是你无论多么年长多么有阅历，都以谦虚尊重的态度看待别人，学会倾听他人的想法，这样对方也一定会重视你的。年龄不是问题，自身的谈吐决定了你会走向何处。可能有人觉得我言重了，年轻人太轻浮，但老年人倚老卖老，这难道很好吗？

我发现，有的时候，自己的记性真的很差，会忘记很多事情，就好像是故意似的。

时间跑得很快，真的很快，把我远远落在后面，我追赶不及。

一位我喜欢的作家写道 ：“我们最开始都是一张白纸，慢慢在上面添加，多了就会觉得很累，少了又怕孤寂。只好反复留白，等待日出日落、潮起潮落，直至每个黎明和黑夜的到来。”

我在自己的这张白纸上，画上了许多东西，一些是我想要添加的，一些却是别人想要我添加的。有时，我会觉得拘束，所以把别人希望我添加的那部分擦掉，但过不了多久，我又会再次加上。

擦掉，添加。

循环，往复。

身边有许多人偶尔会抱怨他们所从事的工作单调、无聊。有时，他们也会建议我去从事一份办公室的工作，毕竟每个人都需要一个安稳的未来。我静静地听着他们说话，他们自己在枯燥的工作中得不到乐趣，却要极力鼓动我也投身进去，和他们一起过着枯燥但却平稳的生活。

一开始的时候，我也有些想不明白，为什么大家总是热衷于去指点旁人的生活呢？后来，我逐渐明白，生活是自己的，别人无法左右，但我们看到有人在和我们过着不一样的生活时，内心总是会暗暗着急，担心别人的生活会出差错，理由很简单，这个世上每个人都是这样过的，为什么你要和别人不一样？

我自己也暗自想过，也许我应该选择一份普通的职业，有固定的月薪，有社会保险，在别人聊着股票、金融的时候，我也能插上话，可以装作一副与社会接轨的样子，对大部分人都关心的事情，也能聊上一两句。但是，这个念头只是想一想，就觉得还是算了，做这些自己毫无兴趣的事情，根本无法全力以赴，既然无法全身心地投入，那一定不会有真正的收获。

小时候写日记，总喜欢在本子上郑重其事地写下一些“豪言壮语”，好像立下庄重的誓言，一心想要等到实现的那一天。就像小时候喜欢打游戏，就希望有一天自己可以拥有很多游戏机，让别的小朋友都羡慕不已；就像小时候喜欢打篮球，觉得自己很厉害，以后一定会成为NBA球员。只是在长大了之后，认识了真正的世界，变得不再愿意相信自己内心的声音，有了自己的世界观，偶尔冒出一些想法，还没成形，便先被自己给否定掉了。

每个人都有自己的人生故事，我不知道别人喜不喜欢，但是我自己觉得很不错，这样就行了，毕竟自己的人生，是要自己去写好结尾的。

想到自己如果过一种一眼就可以看到尽头的人生，不免有些心灰意冷。以后的岁月如果会在无味的日子中单调地重复的话，想一想就觉得自己很难接受。在适当的年纪去做适当的事情，是身边许多人对我的谆谆教诲，我每次听到，都俯首点头，并不多言，我知道他们是出于好心，我也不想让他们伤心。

我并未想过要成为一个了不起的人，或者去拥有出类拔萃的人生，我只想在我老了的时候，当我回忆过往的日子，我想做的事儿我都做到了，我不会遗憾，就可以了。

我不愿意做一朵温室的花朵或者嫩草，就让我独自经历风雨后，暗自沉沦下去，别拉我，让我沉下去吧，或许那海底有我艳羡的存在。

这世界是如此喧嚣，让沉默的人显得有点儿傻。坐在街边，看人来人往，吞咽我的沧桑。

我想成为自己想要成为的那种人，我希望自己能够拥有完全属于我自己的人生，在我的人生中，我可以毫无顾忌地探寻我的人生乐趣，我可以不用去应付那些自己压根就不喜欢的事情，我更想将自己的时间都用在自己身上。

当然，我知道这并不是一件容易的事情，但我相信，一件事无论是开始得太早或者开始得太晚，都不会阻拦你成为你想成为的那个人，这个过程是没有时间限制的，只要我想开始，就随时可以开始。

接触了表演之后，我觉得表演也是件很有意思的事情，我愿意在这方面下功夫，我觉得这是我喜欢做的事情；而且，我也愿意为了这个事情去努力。能够诠释不同的角色，演绎不同的人生，对我来说是最大的意义，而不是为了出名，为了红，那些都不是我选择这个职业首要考虑的因素。

为了能够在这个行业走得更远、更扎实，我开始上表演课。以前总是把很多事情看得很简单，真到了自己去亲身经历的时候，才会颠覆之前的看法。比如表演，都知道那些大道理，单是用嘴来说说的话，谁都会，真的做起来，还真是不简单。不过，我觉得凡事都有一个开始，最难的也是这个开始，一旦选择了方向，决定迈出这一步，也就好用力了。既然决定了我就不会犹豫。

小孩子想要自己喜欢的东西，总是会大声哭闹，吸引大人的注意力。长大了，再哭再闹，别人也只会对你冷眼相向。我想要得到自己想要的生活，就只有拼命在人生的海洋中向自己想要抵达的方向奋力游去，喝再多的海水，遇到再大的风浪，也只能咬紧牙关去坚持。

每当一个人将要出去旅行，心脏就会出现那种期待未知的狂跳。本就平淡无奇的生活中，需要这种小悸动。2016.2.24

那条很短的街，我走了很长的岁月

有过很长一段时间，我在自卑中度过，现在想起当时的那种状态，会觉得有些小题大做，但那个时候，真的整个人都封闭起来了，就像躲进蛋壳里始终不愿探出头的小鸡崽，对外面的世界充满了惶恐和畏惧。

读书的时候，我一度很胖，而且性格孤僻。我总是会给自己建筑一道“隔离带”，令自己与青春之间隔着一段长长的台阶，我总是站在台阶下向上仰望。

一位外国作家写过一段话，我很喜欢。他说：“人有三样东西是无法隐瞒的：咳嗽、穷困和爱，你越想隐瞒越欲盖弥彰。人有三样东西是不应该挥霍的：身体、金钱和爱，你想挥霍却得不偿失。人有三样东西是无法挽留的：时间、生命和爱，你想挽留却渐行渐远。人有三样东西是不应该回忆的：灾难、死亡和爱，你想回忆却苦不堪言。”

我肥胖的那段岁月，对于我来说其实并没有很痛苦，只是很多衣服穿不下，在小朋友选择他们自己的朋友时大多不会倾向我，当然女孩儿就更不会和我说话了。在一个暑假，无聊的我，竟然开始减肥，因为无聊，所以连吃饭都觉得无聊。对长身体的青春期男生来说，每天吃不饱的状态就好像在自虐。可是没办法，我只有忍耐，渐渐因为习惯而感觉不到饥饿。记忆中，那段时间我也并没有怎么运动。就这样过了两个月。就在这种粗暴且简单的方法下，再见到同学们时，在我走进班门的那一刻，那些对我有印象的同学几乎不认识我了，而我，切实贯彻了我的一贯作风，微笑不语（其实心里很好奇也很兴奋，好奇是因为我真的改变了这么多，兴奋是沉浸在别人夸我，我却在不动声色的稳坐中）。就这样我也算小有名气了，也有女生来我们班要我的联系方式了。

多年后的某个盛夏夜晚，我忽然想起了那段很短的日子，对经历过的那一切，包括肥胖时所切身感受到的羞愧和恼怒，觉得有些不解了：自己年少的时候，为什么会有那么多矫情的念头，并且还会为了这些念头付诸行动？但心里也暗暗地明白，当时的所有体会都是千真万确、发自内心的。现在回头去看，已经无法理解，原因大概就只有一个，那就是：我长大了。

长大是一个无法阻挡的过程，随着时间的流逝，每个人都会成长为令自己心里惭愧的大人。

想起那段青葱岁月，每天最让我开心、最让我能全心投入的事情就是打篮球，在篮球场上的奔跑、跳跃、满身大汗让我能够忽略自己当时患得患失的心情。

那时候最喜欢的球星是科比，一直喜欢了他很多年，科比退役的那一天，我全程投入地看着比赛，直到最后一分钟，心情激动。

“Thank You，Kobe!”（谢谢，科比！）尽管全球亿万人都在对他说着这句话，我依然还是在心里狂喊了无数遍，谢谢你，科比，谢谢你陪我度过了那段孤独又无处可诉说的青春岁月，谢谢你带我走出了岁月的泥沼。

无论是亲眼见证科比的辉煌，还是口耳相传科比的事迹，人们大都认可了科比的成绩。我们错过了乔丹的时代，却可以对科比点头微笑。他每天训练都要投进 1000 个球，20 个赛季都在同一支球队。从穿 8 号球衣到穿 24 号球衣，无论他叫科比·布莱恩特还是高比·拜恩。

打小我就看着科比一直在赶超前辈，从来没想过，终有一天他会退役，心中一直觉得科比是无可替代的。

现在真正到了这个时候，科比依然是全球的焦点，只不过是征战的最后一程，有不舍，但更多的是被科比所激励。此等毅力，此等忠诚，此等精神，科比·布莱恩特配得上我们对他所有的赞美。

看到科比的退役，才猛然发觉，自己从年少到现在，竟然已经过去了这么多年，我从当年那个内心敏感的小男孩，蹚过岁月的河，变成了现在内心孤寂的大人。

而马布里，这个北京的篮球英雄，伴随着他为北京夺冠的那几年的风风雨雨，现在即将 40 岁的他，因为北京成绩下落而被大多数人疏远。其实很正常，作为明星，你火了，所有人都会想尽办法接近你、

人生就该有一次彻彻底底的宿醉，
然而我却没有过，
因为我并不喜欢喝酒。
可能有人会觉得我不解风情，
但我就是不喜欢酒的味道，
讨厌那种失去自我控制的感觉。

捧着你；你没落了，他们就会离开你，不骂你都是好的。

记得我曾经拍摄过老马，他说："如果有一天我离开北京队，那就是因为我打不动了。"多么真诚的话语。其实现在还有很多人都关注着北京队，关注着马布里，只是没那么多了。不随起落而离开，只因为爱着这个城市的球队，铭记曾经因为他们的努力而让人感动的这一帮人。

改变的一直是时间，而不是生活。

成长本身不完美，我们懵懵懂懂地长大，在逝去的那段珍贵岁月中，充满了错过、遗憾、美好、留恋、希望和热泪，等等。在那段等待着上课、下课，等待着放学、上学的单纯日子里，我们同大多数同龄的孩子一样，度过了人生中最纯粹的时光，然后带着各自的烦恼，踏上不同的道路。

在我被自卑和不安烦扰的那段日子里，我觉得时光漫长又黑暗，但现在回想起来，其实也很短暂。

那条年少的街道，我走了很长的岁月。

我曾认为上天对我太过吝啬，不肯把好的东西送给我，所以，我总是对它感到失望，可是现在想想，上天足够慷慨，给我的已经足够多了。

现在，依然还是会在某些时刻，困扰在迟疑、不安的情绪沼泽中，在心里抱怨："这样的日子还要过多久才能结束？"

但是，也还好，当一切重回正轨的时候，再想想之前的烦恼，觉得其实也没什么大不了的。人生大概就是这样，在"辛苦什么时候才能结束”和“回头想想，也不过如此吧”两种状态中交替前进。

生活会不停地让人失望，也会不住地让人充满希望。生命本身，就是不完美的存在，长大之后，明白的第一课，不就是这个吗？

如今有越来越多的人，都在迷茫，都在困惑，都在烦恼，对未来的自己充满不安和猜疑。不能安于现状又没有勇气突破自己。其实都知道自己的问题所在，但就是找不好发力的角度。

他们好像困兽，在自己内心的笼子里低吼，他们就是这样被世界伤害的。穿过无人拯救的岁月，最终，他们都在意想不到与意料之中走了出来。

许久之后，曾以为遥远的某一天，赫然呈现在眼前。会有时光倒错的恍惚感，仿佛昔日已经与我们有过多次相见。

其实生活中的许多情非得已，未见得是坏事情，有依依不舍的诀别，才会期待再次相遇。也不要怕制造回忆，因为有了回忆，才不至于虚度光阴。2016.3.3

摆渡自己，去到对的地方

我们为了自己想要的东西，始终在努力着。说老实话，我并不是一个十分努力的人，也算不上勤奋，我常常会觉得自己辛苦，但是扭头看一看身边的人，所谓的辛苦感便烟消云散了。

夜晚的北京城灯火辉煌。凌晨四点多钟，我站在高层俯瞰远处，依然有穿梭的车辆，依然有背包前行的路人。

从高处看下去，他们就如蚂蚁般渺小。其实，如果那个时候有人抬头看，也会看到同样渺小的我站在夜色中。

朋友圈里，常有人竞赛似的发着深夜的照片，像是定下了一个无言的赌约，在和夜晚比赛着谁会先睡去。有人说熬夜不肯睡觉的人，其实不是努力，只是拖延症太过严重。我觉得不是这样，或者并不完全是这样。

我们都是想要成长的人，在我们的人生中，总是会遇到许多努力的人，我们是这千军万马中的一员，每天做着尽自己能力的努力，每天想要在人生的道路上尽可能地迈出大的一步。

当然，我们也会很羡慕那些将我们远远抛在身后的人，他们总是能够轻松地一路向前，毫不费力地取得许多人梦寐以求的成就。可是，大多数的人就如同这座城市迷宫中着急找到出口的蚂蚁一样，忙忙碌碌，却终日不得章法。

人总会有迷茫和懈怠的时候，在外人面前，我们都会故作无所谓和坚强，但是那些辛苦的坚持，除了自己没有人会知道。夜深人静时，虽然明白第二天一大早还要早起，也知道明天还有很多事情要做，但望向窗外沉沉的夜色，睡意就会被迷茫所替代，会在心里忧虑。一觉醒来之后，还是找不到方向。

夜晚是诠释孤单的时候。

黑暗是呐喊的绝佳途径。

我喜欢摄影，希望能够感受被摄者的不同人生。

我喜欢唱歌，希望能够唱出引发内心共鸣的歌曲。

我喜欢演戏，希望能够演绎多数人不曾经历的故事。

我喜欢旅行，希望能够经历一处又一处陌生的风景。

我为了自己喜欢的事情所付出的坚持和努力，可能在有些人的眼中，不值一提。但是，对于我来说，这些喜欢，都是我的瞬间。删除我人生中的任何一个瞬间，我都不能成为今天的自己。

我的每一个小的目标，都是摆渡我过河的扁舟，我不会因为自己所坚持去做的事情不过是一件小事就不认真对待，这件事情也许在别人看来是一件小事，但在我看来，却是足以让我圆满人生的成就。

有时和人聊天，会有人说：何必那么较真呢，怎么活着不是活着呢？

但我从来就不是那种将就的人，在生活中，有些事情，我可以很随意，但有些事情，我一定要坚持，我不能将生活过成一地碎片，然后将那些碎片捡拾起来，随便拼凑起来，安慰自己说：看，这不也是完整的生活吗？

在我看来，生活应该是完整的，没有瑕疵的，没有裂痕的，我不能在生活最好模样的时候，不管不顾，却在它碎掉之后随意拼凑，然后终生看着那一道道裂缝。

人生道路很漫长，经历的事情会越来越多，认识的人也会越来越多，恩人、仇人、好人、小人、熟人、陌生人、对你好的、对你不好的，你会发现你的朋友会一轮接着一轮地变换。即使是这样，我也一定会努力珍惜我的朋友们。这所有的一切都会影响我。但唯一不变的是——我会坚持做自己，做自己喜欢的事情。

我不愿意盲目地去随大溜，去过和别人一样的生活，虽然知道那样的生活有惊无险，安稳无忧，但是对我来说，没办法过上自己喜欢的、想要的生活，才是一生中最大的憾事。在我看来，选择什么样的人生道路很重要，能够抵达自己想要到达的地方，才是正确的路，才是真正的我想要走的路。

在坚持的过程中，会感到迷茫，会感到不知所措，这些我都可以应对，但是我无法忍受浑浑噩噩地度过每一天。你才活了多少年啊，有什么可将就的？那些垂暮的老人都还在努力地坚持着自己喜欢的事情，你有什么资格消极？趁着年轻就努力坚持吧，每天都应该充满希望，向前看，即使会失望。

我们从很远的地方赶往理想的目的地，我们走过了漫长的岁月，在过程中，无数次想要放弃，但最终，我们还是擦干眼角的泪水，继续逆流而上。因为我们知道，人生就是这样一个辛苦而需要不断坚持的过程。我们觉得好辛苦，但没有办法，我们只能不断地鼓励自己，坚持走下去，再坚持下去，因为我们想要登上的彼岸就在前方。

坚持下去吧，不管别人怎么说，也不管自己心里打了多少次的退堂鼓，一年，两年，五年，时间最终会证明，当初所有苦苦的坚持，都是能得到回报的。我们在自己选择的道路上一路前行，一路磕磕绊绊，有时会有人陪伴，但大多数时候，都是要靠我们自己一个人走下去的。

如果生活在中世纪，我可以去做一个骑着骏马的骑士，会为了荣誉流尽最后一滴鲜血。如果生活在武侠世界，我可以仗剑天涯，诗酒人生。可是这个世上从来就没有如果，我也不会成为骑士和侠客，我只是一个笨拙的普通人，常常站在没有路牌的十字路口举目张望，在天黑之前必须做出选择，应该左行还是右走，每个人的人生终究要靠自己走下去，只希望心中的美好，照亮沿途的风景。

What a wonderful world 是一首可以在孤独中倾听、超脱世外、悠扬且意味深长的歌，它希望你可以乐观地看待世上的美好。

I see trees of green，red roses too

（我看见绿的树，也有红色的玫瑰）

I see them bloom for me and you

（我看见它们为你和我开花）

And I think to myself what a wonderful world

（我自己在想，这是个多么美妙的世界）

I see skies of blue and clouds of white

（我看见蓝的天，白的云）

The bright blessed day，the dark sacred night

（那受祝福的白天，珍贵的黑夜）

And I think to myself what a wonderful world

（我自己在想，这是个多么美妙的世界）

The colors of the rainbow so pretty in the sky

（那彩虹的色泽，在空中是多么的美丽）

Are also on the faces of people going by

（也映在路过行人的脸上）

I see friends shaking hands saying how do you do

（我看见朋友们在握手相问好不好）

They're really saying I love you

（他们真的在说着我爱你）

I hear babies cry

（我听见婴儿在啼哭）

这个男人是我的瓷[1]。
没什么好说的，
他就站那儿打电话，
我没事儿闲得就拍了。
这样看来，我好像并没有好好地给我的瓷们拍过照片，
以后得好好照几张了。

[1] 瓷，关系好，特别铁，也可以做名词，同瓷儿、瓷器，表示铁哥们、好朋友的意思。

I watch them grow

（我看着他们在长大）

They'll learn much more than I'll never know

（他们将学得比我所知的要更多）

And I think to myself what a wonderful world

（我自己在想，这是个多么美妙的世界）

Yes I think to myself what a wonderful world

（是的，我自己在想，这是个多么美妙的世界）

一夜没睡，六点整，日出，六点到七点，从一丝光亮到无穷无尽的阳光。2016.3.14 6:00

有种幸福，注定单枪匹马

最近有了一个很深的感触：**每个人都在用自己的方式，过着自己的人生。我们每个人都在自己的人生道路上，收获着属于自己的欢乐期许**。

清晨起床醒来，每一天都是新的。为自己的生活负担一切，是很幸福的，同时也是很辛苦的事情。我身边有许多朋友，他们从家乡来到北京，离乡背井，远离亲人，每天工作从早忙到晚，他们自己也会抱怨说生活太辛苦了，很想念家里妈妈做的菜，很想念自己柔软的床。

我觉得既然这么辛苦，那就回到家乡，陪着父母，做一些虽然无聊，但却轻松的工作，这样的生活虽然会有些平淡，但是比起独自承担生活的巨大压力来说，不是更容易驾驭吗？

当然，我也知道有一个为之奋斗的理想是多么幸福的事情，所以，我也一直在追寻着自己的理想，但是，每当我看到我的那些朋友在难过的时候，在被生活压得不堪一击而无力还手的时候，身边连一个亲人都没有，心里还是会替他们觉得茫然，因为我不知道他们拼命捍卫的东西，对他们来说意义是什么。

每个人成长的道路都不尽相同，有的人走过的路鲜花遍布，有的人经过的道路荆棘丛生，我们每个人都可以选择，但也无从选择。我们每时每刻都在经历成长的过程，成长中，有一些代价是我们不想承受，但又不得不承受的，在面临选择的时候，我们早已对接下来会面临的困难心知肚明，但是我们依然选择前行，因为我们内心怀有期待，想要在成长中变成自己希望的那个样子。

我们都是有着最初梦想的，为了捍卫梦想的完整，踏上了自己认真选择的那条路。这样的选择无可厚非，如果真的是自己一心喜欢的，那便好好地去追寻、去经历，因为这是你的人生，无人可以左右。虽然辛苦，但这些都是日后人生道路上的，独独属于你的风景。

无论生活会过成什么样子，我们都一力承担。

我们不是天赋过人的英雄，不会像《漫威》里的主角一样拯救世界，我们只能像蜗牛般，一点儿一点儿地努力，按照自己的想法生活，在生活的汪洋中，起起伏伏，咬着牙游向前方。

时间一天一天地过去，我们总会因为自己的努力而变得丰富，也许，我们始终离自己当初设定的目标差着一段距离，也许我们与自己理想的生活总是失之交臂，但是，坚持的过程本身就是对生命的一种尊重。我越来越能理解我的那些辛苦坚持、依然不愿离开这座繁忙都市的朋友了，那种追寻理想的幸福感，不是轻易就能被任何一种唾手可得的安逸生活所替代的。

我与他们，其实骨子里是一样的执拗，我们其实也不是那么清晰地知道自己要追寻的是什么，远方的理想就好像一团模糊的火光，让你似乎看得见，但又看得不是那么清楚，但是，当我们站在人生的岔路口，已经到了一个必须做出选择的年纪，我们愿意为自己的人生负责任，所以，我们就朝着那团模糊的微光，一步一步走了下去，不想停下。

小的时候,我觉得世界虽然很大,但是很简单,一颗糖塞进嘴巴里,就是最幸福的时刻降临。“我想要吃糖。”只要抬头跟父母说出这一句,糖果就会发到掌心，攥紧手心里的糖果，就好像攥住了全世界。

可是长大之后，我不再想要依靠父母，不再想要麻烦父母，我希望自己能够为自己赢得糖果，所以，我就一点点地和以前那个伸手要糖的自己抽离。一开始，我单纯地以为拿到糖果是很简单的事情，只要自己足够用力，就能够拿到想吃的糖果，可是，随着时间的推移，我渐渐清楚，小时候，爸妈靠在床头给我讲的那些故事，结局大都是骗人的。并不是只要付出就一定有收获，并不是所有完美的故事，都会迎来圆满的结局。

生活终于教会我，努力不一定有你想要的结果，但是你还得继续向前走下去，向你一开始认定的方向走下去。也许最终，那些怀揣着理想、想要留在北京生活的人，在一个拐弯之后，还是选择了离开。也许，我会在用大把的时间验证之后，才知道自己走在了一条并不适合自己的道路上。

但是，没关系，人生绕几个圈子，浪费一些时间和精力，都没什么可抱怨的，不去走过炎热的夏天，怎么能感受到秋天的凉爽呢？生命本就是如此，好的与坏的，交替降临，你不用躲，也无处可躲，学会面对，学会接受就好。

现在，我依然走在自己选择的道路上，我经历了平坦时的喜悦，也经受了攀爬向上的艰辛，现在的我，不会等着别人把糖果塞进我手里，而是知道，自己想要的糖果，需要自己去拿。

我所经历的一切，都在陪着我成长，我看着笨拙的自己，在前行的路上迷失、转向、发呆。但是还好，我还保留着内心最想要的东西，我还是那个心中有着光亮的自己。

我还是会继续我的摄影事业，会继续唱歌，会在演戏的路上不断地超越自己。在前行的路上，我无所依托，也不想依靠什么，我只想凭借自己的努力，一点儿一点儿地走过一个又一个的驿站，最终到达终点。没有什么事情是水到渠成的，但是也没有什么困难是难以逾越的。成长这件事情，我们都会经历，也都会在这个过程中逐渐明白，没有人会一直无条件地给你发糖，绝大多数的时候，我们只能依靠自己。

慢慢走，努力爬，不怕慢，不惧陡峭，至少你在前进。这，就足够了。

人生，就在一转眼的时间变了味道。2016.4.6 9:00

贰 迷失，自我

停下来看生活的烟火

记不太清楚了，大概从一年前开始，总是有人好奇我的生活，他们带着探究的精神追问我：“不拍戏的时候，会做什么事情？”“不需要工作的时候,会有一些什么消遣？”“平时都有些什么兴趣爱好啊？”

开始没有注意，后来慢慢地我会留意这些问题的答案是什么。

其实我不是一个对折腾生活有很大兴趣的人，我常常会让自己像一个老年人一样宅在家里，看看电影，听听音乐，陪陪家人，或者和朋友一起出去吃吃饭，聊聊天，我的生活并未因为我的工作而发生很大改变。

人总是可以给自己找到各种理由，鞭策着自己不断向前走，但是却很少有理由让自己停下来。我不是一个特别会规划自己生活和工作的人，我有时会很忙，有时也会很悠闲，但是，这两种状态，我都很享受。

关于人生，不就是忙碌—停歇—忙碌—停歇，这样过下去的吗？

有很多东西，在我们的成长过程中找不到了，我们翻箱倒柜，寻遍记忆中的每一个角落，都没有它们的踪迹。我们常常会抚额困惑，到底是什么时候丢的呢？到底是被谁拿走的呢？其实弄丢这些东西的人不是别人，正是我们自己。

小时候，在七月的晌午，我和发小偷偷从蚊帐里钻出来，来到院子里，在当头的烈日下，汗流浃背地玩着自己的小游戏。现在躲在空调房间里，不用晒得后背发烫，满脸通红，但是却难以找到可以一起玩耍的伙伴，大家都在忙自己的事情，像陀螺一样，很难停下来。

我一个人走走停停，始终将工作和生活的重心放在北京，因为北京对我来说太过熟悉，是那种深入骨髓的了解，让我有种深深的归属感。

世界虽然这么大，我能停留的地方其实很小，很小。

小时候特别喜欢打游戏机，很希望自己长大以后做个游戏店主，卖游戏机和游戏盘，把机器租给别人玩，这样就可以一边赚钱一边玩游戏啦。后来又很喜欢打篮球,觉得自己这么喜欢打篮球,又打得不错，以后没准就会当个篮球运动员。后来和那些很专业的运动员一起打的时候，也就再不说什么了。

其实自己今后做什么，除了自身努力和天赋外，真的有一部分是缘分，有些东西说不清道不明，顺其自然地就形成了。现在很多人从事的工作都和自己所学的专业不同，不是大势所趋，而是人们自己的选择，找到自己的归属远比一直活在梦里强得多。

尼采说："每一个不曾起舞的日子，都是对生命的辜负。"

为什么会有小清新的照片出现呢？

其实摄影风格可以是多变的。

即便在别人眼中这是所谓的小清新，

在我看到这个被摄体时，

脑中便有了把它拍摄下来以后的样子。

即便你身上有再多的烦恼，也要微笑面对每一天。

谁拿谎言耻笑了执着，谁用敷衍懈怠了真心，岁月中的蹉跎，我们谁也改变不了。到了每一个岔路口，我们都需要做出选择，我们在原地踏步，以为遮掩就能躲过，但实际上，我们早已为自己做出了安排。

很多事情，如果不是翻看我以前写下的文字，我都已经淡忘了，正是因为有了文字的记录，照片的保存，我才能在记忆的海洋中翻找出当年的事。经历过才发现，当时觉得会铭刻在心的许多事情，其实也不过如此。那些觉得下不完的雨，最终还是雨过天晴，天边挂起了彩虹；那些觉得走不到尽头的路，早已不知道在什么时候就被我们远远地抛在了身后；那些翘首以盼，觉得等不来的车，早已把我们送到了想去的地方，开向了看不见的远方。

路还长，不着急，慢慢走，总会看到天光。

下雨时低头赶路，浑身湿透；刮起大风时躲在墙角，瑟瑟发抖；我们总是忍不住抱怨，为什么别人的路上风景如画，而自己的人生狂风大作。在我看来，人生最大的遗憾就是不懂得选择按下暂停键。总是想将自己的命运交响曲毫无间断地奏完，但是，我们忘记了人生不是演奏的舞台，人生路上，总会有各种各样的状况，不管你愿意还是不愿意，阳光会洒下来，风雨也会打下来。

停下来没有什么可怕的，也并没有我们想象中那么糟糕，很多时候，我们不愿意停下来，是因为我们担心自己在别人的眼中不够努力奋斗，我们总是没有缘由地在意别人看待自己的目光，然后你会发现有很长的时间，我们都没能够用心感受自己的生活了。

其实，大多数人很难真正了解我们，大多数人都只是看到了我们在人前的样子，而人后那个真实的我们，只有我们自己清楚是什么样子。

一句“我真的很忙”让我们在世界的旋涡中，拼命地奔跑，追赶着那些我们自己也说不清的东西。一句“再说吧”真的是我们没有时间吗？还是这个人对我们无足轻重？抑或是这件事情对我们没有吸引力，只是托词罢了？然而这种托词是必不可少的，它可以帮我们化解很多尴尬，也可能会让我们失去很多朋友。

因为只有这样，我们才会觉得自己真的很拼命，拼命地活出自己想要的生活，我们心里才会生出一丝安定的感觉。只是我们跌跌撞撞，我们匆匆忙忙，过去还带着一丝热度，但迅速就已经被我们扔到了身后，我们急切地想要走入明天，但我们走得太快了，快到让我们不再像我们自己，那个真正的自己。

我觉得到了某些时候，我们就应该给自己的生活做一做减法，并不是所有东西都需要当下就得到的，也不是得到才是快乐的，有的时候，拥有太多，也是一种负担。放下一些东西，你才能知道什么东西对你而言是最重要的。

停下来，不管接下来该做什么，不管明天会发生什么，我都愿意让自己在需要停下来的时候，止住脚步，世界不会等来末日，而我们等一等，也许就会在人世间的烟火璀璨中，看到那个自己真正的内心，看到被荒废的土壤上，正在奋力向上生长的嫩芽。

多年之后，愿我们停停走走，懂得舍弃，学会拥有，每一天，都能过得更像自己。

这个牙刷我用了很久很久，甚至脱了毛，变了色。是时候该换掉了。再好用的牙刷，也会变旧，再美好的回忆，都会逝去，所以留住仅剩的美好，也许是激励往后一段日子的方法。2016.4.6

至少拥有一个梦想，有一个理由坚强

真实的世界，车水马龙，每个人都像置身于百老汇的舞台上，站在一旁，看着主角放声歌唱。世界不会以谁为中心，每一天都有新的日出，新的开始，但是，每一个新的开始，似乎都是别人的，不是自己的。

挫折这种事情，总是让人措手不及。

小时候考砸的数学模拟考，体育课上没能合格的一千米跑，还有放学回家的路上，心仪许久的女生在和别的男生有说有笑。

真的是猝不及防啊，沮丧总是来得那么突然，就好像刚才明明还是大晴天，突然之间就暴雨倾盆，将自己淋成了落汤鸡。不过，也没什么好担忧，没什么好害怕的，该来的天气总是会来，该过去的风雨也总是会过去。

下一次的模拟考可以考出一个高分，下一次的体育测验能跑出好成绩，下一次走出校门口的时候，你喜欢的女生正巧对着你笑。

为了这些美好的下一次，我们会付出自己很多的努力，因为我们知道，只有努力之后，我们才能看到我们希望看到的愿景。没有长大以前，总是觉得梦想唾手可得，因为只要每天坚持在操场上跑步，就能在下一次的体育测验中进步；只要我们每天多做一个小时的数学题、多做几张数学卷子，就能在下一次的考试中考到更靠前的一个成绩，比上一次多拿几分。

那时候，我们的梦想小小的，近在眼前，伸手可得，不像现在，梦想遥远又庞大，常常会让我们感到疲惫和劳累，在每一个不尽如人意的时刻，总是忍不住想和自己说，要不就放弃吧，实在坚持不下去了。

可是，纠结到最后，我们还是忍着艰难，挺了过来。成功远不是看上去的那么轻而易举，在无数个冰冷的夜晚，为了第二天能够更好地面对阳光微笑，独自擦掉流在枕边的眼泪，在寂寞中睡去。

虽然明知道，很多时候，自己付出的努力都像是在做无用功，很多时候，自己就像是一只在地洞里漫长蛰伏着的野兔，两头都看不到亮光。很多时候的无助，很多时候的无奈，很多时候的打击，让我们不断怀疑人生，到底是生活不公平，还是自己不行。

我也经历过摇摆不定、抉择两难的时刻，人都会软弱、会迷茫，在选择的路口挣扎时，常常也会觉得别人世界里的风景更美，心里就会有些犯嘀咕，是不是自己的选择真是错的，是不是自己一直坚持的梦想真的不靠谱？

有得必有失，其实就是舍和得的关系。就是得权衡，对于自己来说，哪一个更重要。说真的，时刻担心着自己做什么会留下把柄真的感觉太累了。

很多人认为演艺圈很乱、很累。工作累，是肯定的，但更累的是心累，时刻被别人关注，被舆论打压，要收敛起自己的个性，对人要有防备之心，很多人都会根据他们自己的道理和对你的期望去教你做事情。不能太在意别人对自己的看法，也不能完全不在意别人的看法，每天保持积极向上的心，这样的一个人还是健全的吗？但是我选择了这条路，这就是对我的考验，这些事情和繁杂的工作比起来，才是更难以想象、更加难对付的吧。**生活就是每天都有问题，每天都在解决问题**。

有的时候，真的很需要给自己一个答案，告诉自己这条路是应该坚持下去的，但往往没有这样的答案，没人会给我们这样的答案，我们所能接收到的声音都是反对的、质疑的，这会让我们更加想要放弃，觉得没有一个理由可以让我坚持下去。

生活的动力开始变得不足，想要掉转方向，想要更改轨道。

总是想要从别人口中证实自己，但这个想法本身就是有问题的，因为除了我们自己以外，没有谁可以给我们的人生签字盖章，之所以会困惑、会挣扎，是因为我们还没有走到最后，还没有翻找到生命留给我们的答案。

会迷失，也是成长的一部分，这是没有办法逃开的；会比较，也是成长中如影随形的一部分，尴尬的虚荣心会让你无法对别人优秀的人生视而不见。

世界就是这样，有好有坏，不要被什么一下子打垮，也不要被什么突然迷惑，我们每个人所要走的路都是自己选择的，既然这是我们自己的选择，那就坚持到底，不给自己找任何的借口。

可能，我们真的不够优秀，我们就像是山野中的萤火虫，所发出的微光与全世界相比，都不值一提。但是，有光就有梦想，我们要做的就是相信自己，并且尽力去做，你会发现那些渴望得到的，正在向你招手。

我们无法和这个世界约定，我们只能和自己约定，最起码，不要轻易地放弃，不要辜负曾经热血的自己。

抓住最想要的东西，绝不要放手，不论是一个微弱的机会，还是一扇虚掩的门，因为谁也不知道，那虚掩的门背后，是不是通往下一个路口的通道。

其实，人越长大，得到的越多，在乎的也就越多，在乎很多人所说的，但其实更在乎的是自己在乎的人所说的那些，所以，那些都不认识的人所说的，就不要去理会，虽然人言可畏，但是跟随着自己的内心，去在乎那些值得在乎的人，去在意那些自己始终追求的梦。

想想这几年的生活和工作的过程，有过很多艰辛，但也有许多快乐和收获，每当想到那些幸福的时刻，快乐的瞬间，我就会对生活充满感激，我知道这些都是让我坚强下去的后盾。

一些原本不相识的人，对你好、爱你，把他们独一无二的爱给了你，却只希望你开心快乐，不求一点儿回报，真的很感恩。他们是我坚强的理由，他们的爱，让我觉得我受到再多的委屈、再多的误解，其实

和她认识是在一个秋天。
她是我哥们儿的一个朋友，
来北京玩的时候我拍摄的。
首先我比较喜欢黑白色调，
在阴影里远去的老人，
和在四合院门前站立的年轻人形成了强烈的对比。
年迈与青春，老去与成长，
这样的年代感和活力，是我期许的。

也就那么回事儿，我有他们呢。

有一个自己的梦想，自己清楚地知道每一天都在一点儿一点儿地靠近，真的很享受。

生活没有末日，也没有奇迹，平平淡淡，偶尔波澜兴起，永远痛并快乐着，永远在绝望中仰望希望，就一定能从深谷攀爬到峰顶。

与其尴尬地承认失败，不如大胆地坚信自己，重新站起来去征服世界。

内心有一些不为人知的阴郁、刻意的固执，久了，就变成了无知的坚持。2016.5.9

怕的不是失败，是空白

有那么一个瞬间，会忽然觉得整个人都没有了力气，身体状况是好的，没有生病，也没有什么不适的表现，就是一种由内而外的无力感，让自己觉得做一切都没有了意义。

你们有没有那种感觉，就是什么事情都不想干，已经很无聊很无聊了，但是依旧什么都不想干，也不想睡觉，也不想动弹，也不想说话，也不想看东西、吃东西、玩东西，甚至都不想呼吸，不想站着、不想躺着、不想坐着，不想这个、不想那个，这到底是一种什么感觉?

曾经奋力坚持的事情，仰着脖子向全世界宣告的事情，突然变得没那么重要了，突然就想要放弃了，自己所做的一切事情，都徒劳无功，都无比尴尬地处于自己的生命中，不上不下。

这样的时刻，自己的头脑中会一片空白，会开始彷徨无措，抱着脑袋使劲地想，可是怎么也想不明白，自己当初为什么要坚持走这条路，自己那个时候，为什么一定要抱着这个理想不撒手。

当日的坚定不移，如今却麻木不在意了。

捧在手里的虚无，飘在心里的慰藉。

游走世间的尘埃，原地栖息的生命。

好像一切都变得无所谓了，做什么都提不起兴趣，就连最爱玩的游戏，也被关在电脑里，懒得打开，也懒得删除。

我们曾经相信的依然存在吗？这世界上还有多少是真的？

朋友说："我希望自己也是一颗星星，如果我会发光，就不必害怕黑暗。"

朋友说："人啊！永远不会放弃的，也只有自己的执念了。"

朋友说："没有了，尤其是爱情。"

这大概不是乐观与悲观吧，而是人们从自己生活中产生的理解。对于我来说，我可能永远活在惆怅和希望的临界点。很多事情说出来可能大多数人会感慨不已。**支撑我们走下去的是对自己不离不弃的信心，是相信今后的每一天至少比前一天过得释然不后悔**。

我无比地想要依靠自己，只依靠自己，让自己的生活过得井井有条，让我能够照顾好我自己和家人。要是可以有一个地方，上去就是开阔的天台，可以看日落，打开窗户就是迎面吹来的海风，走出去就是大片的森林伴着微风，回去就是不想动弹柔软的家，足矣！

但是，上哪儿去找这样一个地方呢？

夜深了，天凉了，自己去衣柜里翻出一件外套穿上，坐在地板上打游戏，其实打游戏也是可以体会不同的人生的，跟随主人公一起冒险,感受他们的喜怒哀乐,以及对事物的看法。每次打完一系列的游戏，都会有一种得到了却不满足的感觉，就好像刚得到就会立马失去一样。就像谈了一场很长的恋爱，最后虽然完美收官但是依然不想完结。

不羁是因为可以通过张扬的个性来获得难得的安全感。
2016.6.18

一座城池，我是孤岛

娱乐圈一有事情发生，热度瞬间就会高起来，比平时正常工作拍戏的时候关注度高了很多。主要是，娱乐圈一出事儿，爱看热闹的人分分钟就过来了，抱着看热闹不嫌事儿大的心态，然后讲出一些自己认为特对的大道理，来获得别人的认可。这种现象层出不穷，并且永不会变，这种观念可能根深蒂固地存在于人们心中，并且成为习惯，不例外我也会这样，但拿着别人的事情来娱乐自己，难道不觉得这是一件很讽刺的事情吗？

刚开始进入这个圈子的时候，我也知道自己工作的圈子比较特殊，而且老朋友不太了解这个圈子，而且这个社会没有那么单纯，大家都在变。我能做的就是只能尽力做到不变初心，只要用真心对待那些老朋友，他们一定会理解你的。我一直都这么想，因为人成长了肯定会变啊，只要对待朋友的态度不变就好啊。

捉迷藏的时候，不喜欢让别人很快发现自己，
但又不能让小伙伴们把自己忽略了。
这肯定是很多人童年的记忆吧，
你小时候身边的玩伴还在你身边吗？

不过，渐渐地，我发现现实并不是我想象的那样简单，刚拍完第一部网剧之后，我的生活有了一些改变，受到了更多的关注，也被更多不认识的人所指点。

并不是所有人都对我友好，开始的时候，我也并未介意，毕竟世界之大，包罗万象，我要看开一些。对于现在的我来说，摄影和音乐是经过生命洗礼过的礼物，我为它们着迷，我有许多自己想要做的事情。我还要演戏，为成为一名更加合格的演员，付出自己更多的时间和精力。

我想每个人都有自己的事情要做，每个人都有自己的生活要去过，至于别人的生活，关心一下之后，大概也就没了兴趣。但是，事情并不会像我想象的，那么简单地就结束了，越来越多的评论让我陷入困顿之中，我陷入了前所未有的负面情绪之中，无法自己开解。我无法明白，自己明明只是在简单、认真地做一些自己喜欢做的事情，为什么会突然招致这些流言蜚语。

有时候就是这样人言可畏，一传十，十传百，假的都能传成真的。还有那些曝光艺人个人信息的，是，大家都想看看艺人私下的生活是什么样的，给自己无聊的生活加点儿调味料，可你想想，如果你自己的私生活被人调侃还拿来取乐，你会是什么感觉？有人说艺人的私生活本来就是用来给粉丝消费的，没错，但是我们也是人，绝不能把自己的生活全部奉献出来，甚至有些人用非法手段拿艺人的隐私来获利，一个小小的曝光却给我们带来了无尽的烦恼。

生活被打扰到，我想找到原因，但是，我忘记了，这个世上有许多事情是不需要理由的。我们无法去深究，只能想着如何解决。

小的时候摔倒了，会看看周围有没有人，有人的话就仰头大哭，没人的话就拍拍屁股爬起来继续跑；长大之后摔倒了，同样也会先看看四周有没有人，有人的话就闷声爬起来，向前走，没有人的话就哭两嗓子。

成长的代价，就是向内生长。

我们总是会遇到很多人，而我们也是许多人故事中的过客，大家都在用自己的方式生活着，谁也不是谁的主角。

于是，我在微博上发布了一篇文章，将我的真实想法公布了出来，我觉得没必要遮着藏着，是什么样子，就是什么样子，伪装和掩饰都是多余的。

我写道：

最近因为私人生活曝光受到了一些影响，本来是个人的事情，不想做过多的解释，但却让一些喜欢我、关心我的人担心了，我有责任且必须表明自己的态度。

从一开始，我没有刻意删除些什么，大家可以在这个没有秘密的互联网上了解我的过去、我的现在、我所经历的成长和感情的波澜，我从来无意掩盖什么，包括这次也听了很多人的想法和建议，这是我一直坚持和对大家承诺的“真实”。

也许现在的我待人处事有很多不成熟的地方，造成了一些误解与伤害，我会尽我所能地妥善处理。然而与其让人在身后评头论足，不如自己坦然面对。

更重要的是，我希望大家更多地关注作为摄影师的蔡照、演员蔡照和歌手蔡照。我虽是刚刚起步，但这些职业是我的选择，我会努力做好，这些是我真正热爱的和想分享给大家的东西。

我说过，我没把自己当明星，不过我既然接受着大家的喜爱，就必须承担应有的责任，不辜负大家的关怀和支持。

我知道自己年轻，缺乏历练，有很多的不足，也会遭遇许许多多的困难。我会一步一步学习怎么把这些事情做好。我一直都想和大家一起走下去，成为更好的蔡照。真正成为让你们想到我，心里就开满鲜花的人。给大家满满的正能量，从自己做起。

谢谢大家！

这篇文章发布之后，支持我的人继续支持我，不喜欢我的人也依然存在。我觉得经历过这件事情之后，也明白了一些事情，我们只有不辜负自己才是最重要的。

人生的每一个阶段，总有一些事情的发生是你无可奈何的，就算你努力想要纠正，想要证明，也效果甚微。其实，不用急切，也不用气馁，所有的事情都会过去，成为不痛不痒的往事，因为时间会疗愈一切。

看电影《老炮儿》的时候，里面冯小刚有一句台词："谁都有好的时候，也都有背的时候。"

人生不如意，十有八九。就像是坐一次漫长的过山车，有平顺的时候，也有突然跌到谷底的时候，每一段过程都不会给你心理准备，当过山车从顶部呼啸而下的时候，你闭紧眼睛，心里默念着赶紧到底，赶紧到底。

那个过程似乎永无尽头，好像那种无止境的下落是永恒的状态，让你心里始终处于一种失重的状态，仿佛一生所要经历的坏事情，统统朝你涌了过来，你无法招架。

经历一些坏事，本身并不是一件坏事。

我也是经历过之后，才逐渐明白生活的起起伏伏，好的时候有多好，坏的时候就有多坏。我所期待的已经不再是自己被好运气所眷顾，而是在想糟糕的时刻，如何能够安然度过。有意气风发的时候，就有眼前被遮蔽，看不到光的日子。

人生重要的不是和眼下的迷茫纠缠不清，而是必须往前走，无论身处好与坏的境地，无论是张扬还是狼狈，我们都要坚持走在自己认为是对的路上，虽然暂时还不清楚终点在哪里，但是，既然这条道路是你当初用坚定和别人的质疑所换来的，那为什么不继续下去呢？生活的本质都是一样的，快乐和痛苦总是此消彼长，这个世上所有的出路，都是留给有信心和勇敢的人的。

我们千辛万苦，始终在爬向山顶的路上，沿途的风景，或者风雨，都不足以让我们驻足，世界中的跋涉，时而感觉自己可以一路顺遂，时而又觉得自己走在遍布泥泞的路上，起起落落，开心与不开心，只能自己消化。

我们内心的空缺应该由我们自己填补，别人的所做所说，都不用太在意。城市里，每一个人都是一座孤岛，漂浮在茫然无边的大海上。

我逐渐不再害怕被质疑，也不再为莫名的声音而烦恼，没什么可忧虑的，只要我还继续努力，在未来的日子里，我可以始终笑着对所有人说：其实，过去的那些，都不算什么。

不论前面有什么在等着我，我都不会在意，因为我已经一路荆棘走到了现在，不想半途而废。

清晨，阴有小雨，雾蒙蒙的。没有太阳的早晨，就像失去睡意的天黑。2016.6.27

人来人往，我的出口

天气好的时候，出去走走，心情也会松弛许多。今天不是周末，但公园里依然有不少的人，有老人在散步，有小孩子在大声笑，还有些看起来和我年龄相仿的人，正一个一个地坐在分散的长椅上玩手机。

大家各玩各的，互不关注，我从墨镜后，看到整个世界被过滤后的样子，像一幅褪了色的老照片，凝固了时间，刹那间，感觉自己像进入了二次元空间的存在，和原来的自己抬头可见，但又彼此看不到对方。

脑洞很久没有这样大开过了，每天忙着过分实际的事情，都忽略了自己其实也是一个中二青年。只是因为不想在坚持的领域输掉自己，所以格外努力地下功夫，拼命想要证明自己是可以做好的，想要倔强地直视所有人的眼睛，告诉他们，我既然做出了选择，就一定好好地、认真地完成。

只是在一个人的时候，我停下来看看四周，惊叹原来世界运转的速度是这么快，不过是很短的时间，家附近的街道和公园，就有了那么多的变化。

其实，变化的何止是四周的环境，也包括我自己，只是每天忙着各种各样的事情,反倒忘记了观察自己。都说人是慢慢长大,慢慢懂事，慢慢了解人世万物的，其实不是。我觉得人的成长是一瞬间就完成的，就像是我此时此刻，突然觉得自己变成了自己生活的旁观者，看着时光从自己眼皮底下静静地流淌。

去年的今天,我在别的城市,忙着不同的事情,走着不一样的道路，看着不一样的城市风景，生活向我打开了紧闭已久的大门，我站在门前，迎面呼啸而来的风，吹起我的衣衫，风声猎猎，吹进脑海。

今天，我坐在家门口的公园里，看着时间溜走，不快不慢，不慌不忙。每个人都有一个梦想要去实现，不管这个梦想是大是小，是真心的，还是夸张的，都不要紧，梦想就像是连接着我们和未来的通道，是我们走出现实世界庸常生活的一个出口。

小的时候，和哥们儿在一起聊天、说笑，我们都争着抢着说自己长大以后要像动画片里的英雄一样飞天遁地，要像漫画里的人物一样征服全世界。但是长大之后，我们谁也没能征服世界，包括我们自己。

当我开始演戏之后，我发现自己正在实现小时候无心说出的“愿望”，我不光可以成为我自己，我还可以“成为”别人，我可以成为我饰演的每一个角色。我不仅是蔡照，我还是大人物A，小市民B，我在我饰演的角色背后，经历了和这个角色完全一样的人生、故事、挫折……

竟然有种梦成真的荒唐感觉。

所以，我更加坚定地认为，人一定要有梦想，万一实现了呢。虽然万分之一是很小的概率，但是你真的不知道自己哪一天，就会像突然中大奖一样，被梦想砸到脑袋，当然，前提是你要始终走在坚持梦想的道路上。

我们都有自己的生活，生活中会遇到许多和自己息息相关的问题，这个时候，心里自然不会舒畅，但也不必太过烦恼，麻烦总会过去的，就好像雨天过后一定会有晴天，这不是励志语录，而是自然规律。

其实我每分每秒都在质疑自己，适不适合这个圈子，对不对得起喜欢我、支持我的人，还有我自己能不能达到那些目标。但是有家人、朋友，还有喜欢我的人给我的鼓励和支持，我就不能不做到这些，真的。

我觉得自己有一个很明显的优点，就是无论身处什么样糟糕无助的境地，永远不会放弃，永远带给朋友正能量。绝不会委身屈服于现状。

我总是能在世界的细微处捕捉到乐趣，大概也正是因为这样，让我一个人生活很久，也不会觉得枯燥无聊。

睡吧，在梦里狂欢。2016.8.30

叁 世界的味道还未曾尝过，反正生活太咸

最华丽的冒险是坚持自己

世间旖旎，我想去看的风景太多，我想要走的路也太多。常有人在我耳边说："不要走这条路，这条路是错的。"

但是，有什么关系呢，就算是错的，也是我一心想要选择的。我总觉得这世界上总有那么一些事情，我们明知道是错的，也还是会义无反顾地坚持下去。傲骨，不是桀骜不驯，是明知山有虎啊，也要去看看虎的样子。

就好比有人喜欢喝滚热的茶水，他在杯子里放上几片新茶，正准备用刚烧开的水灌下去，却被旁边的人，以富有经验的口吻拦住，称泡茶的水不宜过热，应当凉一凉再冲茶。也许，这个提建议的人的确深谙泡茶之道，但是，他却无法探究你内心真正的需求，你想要的不是一杯营养成分俱全、被适宜温度的开水冲泡出来的适宜品尝的茶水，而是一杯你自己喜欢的滚热茶水。拍照片如是，如果他手里拿着的相

千万别忘记，
自己笑起来的样子。

机是一台万金难求的机器，那不代表他就是摄影大师，也有可能他就是一个卖相机的。就算是摄影大师，他拍出来的作品你未必就一定会喜欢，因人而异，各有所好。

很多时候，我们总是无法做自己喜欢的事情，因为总是有太多的人迫不及待地要教导我们什么是正确。

我觉得那些总是以自己经验自居，去规劝别人慎重的人，都是没有勇气的人。**人生本来就是一场冒险，一切以安稳为劝诫理由的都是伪命题**。人生怎么能够做到安安稳稳一辈子呢？一生那么长，总是会遇到各种各样的颠簸和坎坷，与其被动受制，不如主动选择一条自己喜欢的道路前行。

我拍戏的这个选择，一开始遭到了周围一些人的嗤之以鼻，他们的表情似乎在告诉我，在警示我："演艺圈那么大，你以为自己真的能红吗？你行吗，别逗我啊，真的假的啊，你确定吗？"

我只好耸耸肩微笑，我无法对质疑我的人一一解释，我所做的选择，仅仅是因为我想要尝试新的生活，我想要拥有不同的人生。

我想要在自己的人生里，将每一个年纪的时光过好，我希望能够去看自己想要看的风景，而不是去看别人想要我看的风景。也许对于别人来说，我自己选择的这条路太过崎岖，但是对于我自己来说，崎岖也好，平坦也罢，只要是想要去走的，沿途的景色对我而言，都是美丽的。

至于其他，我都可以克服。也是大概从那个时候起，我发现生活就是一定要坚持自己所选择的一面，如果你在不情不愿的情况下，过上了家人为你安排好的日子，也许能够很平淡、很安稳地生活下去，但是你却总会觉得心里不是滋味。同样，如果你因为羡慕别人风生水起、轰轰烈烈的生活，也想要效仿，想要体验，时间久了，你也会尴尬地发现，这也不是自己想要的生活。

所以，我说，生活的诡异之处就在于，只要不是发自你内心真正的想法，你都会活在别人的生活中，你明明想要改变自己，想要改变眼下的生活，但却无从着力，没有发力点，整个人就像是被卡在上下都够不着的通道里。

我在进入演艺这个行业之后，尽可能地多给自己一些机会，我会在有戏演的时候，默默地拍戏，默默地学习如何提高演技，剧组的生活并不如之前想象的那么丰富多彩，每天开工、背词，单调是难免的，但是，每一天我都觉得有收获和新体验，在为期一个月的拍摄即将结束，马上就要杀青的时候，我心底生出依依不舍的感情。在剧组的这段时间，很开心又认识了许多朋友，也学习到了许多，其中有辛酸，更多的是收获，肯定是不会后悔的。在我看来，每一段历练都是人生的必经之路，每一个独一无二的瞬间，都是为了以后的从容不迫。

有些经历就是能够赋予自己力量，这种力量让你足以支配自己的人生，让世界可以配合着你的节奏运转，你能听到自己一步一步的脚步声响在身后，这样的感觉，会让你在心里觉得十分可靠。

只是想要认真地做好自己的工作，从没想到过会赢得谁的喜欢，当有人在微博上@我，说喜欢我的歌，喜欢我演的角色时，那种感觉特别温暖，就像在严寒的冬日喝下一杯温热的水，暖流顺着食道，缓缓流入脏腑，温暖全身的血液。

我们都生活在一个总觉得不是时时刻刻如意的世界里，梦想伴随我们长大，却在与我们渐行渐远，我们想要鼓起勇气追寻，却又沿途多是阻碍，想要甘于平淡，顺从于生活的浪潮，又被内心的自己斥责为对梦想的抛弃。我觉得，不论我们最终选择了哪一种生活，只要是我们所愿意坚持的、所认定的，都值得走下去，因为那是我们梦想在现实中的延续。

去年冬天，在外地忙了好久，马不停蹄地回到北京，开始为一场签售会做准备。那段时间的工作安排得很满，劈头盖脸地砸过来，忙得有些找不到北。北京的冬季漫长而寒冷，听身边的同事无意间说起，一些粉丝为了能够见到我，提前了好几个小时等在签售场地外。

当时，结束了一天的工作，已经是深夜了，亮堂堂的路灯下，还有没消融的积雪。北京下过两场雪后,越来越冷了,想到这些赶来见我、辛苦等待在寒风中的陌生朋友，有着莫大的安慰和不忍心。

我不知道我能做些什么。去买些吃的吧，专程给他们送去，告诉他们，我知道你们在等着我，在无法入眠的深夜里，被等待的我也是醒着的。那次真是我这辈子以来，买得最多的一次麦当劳了，我记得买了二十几个汉堡，没错是二十六个汉堡，还有鸡翅什么的，司机还帮我往车里拿呢。至今我都记着他们看到我给他们发汉堡的时候，眼里泛着泪花的样子。这不是我第一次办签售会，也不是第一次和这么多喜欢我的人在一起，但每一次看到他们的笑脸，我就觉得所有坚持和拼命都有了价值。

记得梦想会开出花，记得在穿越了一条又一条街道，走过了一座又一座城市后，只要坚持着心中的梦想，冒再大的险，也会稳妥地抵达目的地。我只是一个热爱生活的人啊！即便无须轰轰烈烈也必须要有自己的格调！和别人一样的生活，谁稀罕！要活就要活得有味道，独特且不失趣味。

为什么北京两个季节之间的过渡期总是那么短呢？不是瞬间冷就是马上热，今天早上就是被冻醒的。2016.8.25 8:00

我有野心，我承认

今天早上出门，惊奇地发现小区里的桃花开了，看着星星点点的花骨朵，我想不起上一次看到那些光秃秃的枝丫是什么时候了，枯的树枝冒出了新芽，感觉就像是到了一个新的国度。前一夜，仿佛还在冬天，今天早上就感受到了暖融融的春意。

为什么北京两个季节之间的过渡期总是那么短呢，以为冬天还长，结果春天悄然降临，都不和任何人打招呼。季节的更迭，就像人生的变化，辗转起伏，有时一点儿征兆也没有。

我有野心，这个我承认。

我想在这个偌大、空旷的世界里无所顾虑地去做我自己想做的、喜欢做的事情，我愿意为自己负责。我想要努力地去看更远的世界，想要更加了解自己。

世界上每一个人都是独立的个体，所以每一个人都拥有个性，毋庸置疑。

不断地跌倒，才能不断地走向更远处，因为跌倒的痛，会让人记住如何更好地避开路上的石头和坑洼，选择更佳的路线前行，知道如何走得更快。成长总是教会人们许多事情，比如学会放弃。

放弃永远是坚持的对立面，对于我们来说，放手永远比坚持来得更容易些，就好像小时候做了错事，被爸妈教训，他们总会用严肃的语调高声问道："还敢不敢了？"而我们眼里噙着泪水，赶紧摇头。

因为我们知道，如果不赶紧承认错误，换来的会是更加严厉的惩罚，面对这种情况，我们总是会自然而然地选择赶紧承认错误。现在长大了，我们想要做一件事情的时候，也会预先给自己设定一个时间点，一段期限，自己和自己说，如果到了那一天，还不能实现梦想的话，就放弃。

好像这样一说，自己将来的放弃就有了后路可退，因为已经留出时间给自己努力过了呀。大概许多人都是这么想的，也正是因为留了退路，所以，许多的努力并不是那么发自内心，而是没有走心。

王家卫电影中有一段台词："我们分手的那天是愚人节，所以我一直当她是开玩笑，我愿意让她这个玩笑维持一个月。从分手的那一天开始，我每天买一罐5月1号到期的凤梨罐头，因为凤梨是阿May最爱吃的东西，而5月1号是我的生日。我告诉我自己，当我买满30罐的时候，她如果还不回来，这段感情就会过期。"

因为有了等待的期限，所以，就算没有等到要等的人，没有实现

这也是我的一个瓷。
他现在远在非洲，那时候莫名其妙地就想给他拍几张，
夜深了，路上车也少了。他便走着，我即拍了。
起名为《他是你远去的谁？》

要完成的目标，心中也就没有那么失望了。

还是小时候好，对很多事情有所期待。现在经历了很多，除非有更多的惊喜，要不然随着年龄长大，成熟了，也越来越冷静了，对每天都充满着憧憬，也越来越难做到了。我希望自己能开心地对待每件事情的来临，期待每天的来临。因为每天都是未知的，都有想象的空间。

时光飞逝，日月如梭，我们慢慢地从以前听故事的人，成为别人嘴里的人物，慢慢地有了自己的故事。

想着，以后当有人提起我的故事时，也会微微一笑，然后叙述着我此生的传奇。

当我们都老态龙钟时，老朋友们都会相互嘲讽着说起各自年轻时犯的那些傻到不行的事儿，有热血、有遗憾、有不舍、有失去、有温暖、有幸福、有惊喜、有教训……

到那时候，不知道我们还记不记得自己曾经有过的野心，曾经为了这份野心，付出的努力呢？

真正的忘记，是不用努力的。

有些人天天见面都没有发生任何故事，有些人只见了一面，可能就一辈子忘不了对方。有些人把梦想每天挂在嘴边，但永远不去行动，有些人只说过一次梦想，最终抵达了梦想的彼岸。

北京，请永远保持现在晚上的温度，我会爱你一万年。

2016.8.27 21:47

有阴影的地方，一定有光

世界太大，大到我们无法想象。世界很小，小到我们抬头便会发现秘密。

摄影技巧中，光的应用是很重要的一课。在拍摄的过程中，如果能够很恰当地借助光的作用，就能拍出意想不到的完美作品。

我曾经实践过很多次，真的很神奇。

道理总是相通的，我们所走过的人生道路上，也有着不可避免的阴影，但这并不可怕，也不难以逾越。

许多的人，许多的事，遇见过，走散过。曾经某一段时间，我觉得心里总是莫名悲观，怎么去形容那种落落寡欢的情绪呢？就好像当你走在一条宽阔无人的大道上，突然在一个下意识的牵动下，抬头望了一眼天空。那头顶的蓝和白，猛然击中你心底的柔软，令你突然很想要流泪。

我们很难控制自己，总会因为一点儿小事，就陷入“物是人非”的惆怅中去，我们会在自己的脑海中倒带。青春时期的我们，曾给自己设想了一个又一个金黄色的未来，但是，在我们向前奔跑的时候才发现，理想与现实之间的距离，真的太大了。

命运中的阴影会让我们陷入麻木，我们会觉得当年成竹在胸，觉得可以得到的想要的人生，如今它们却是离自己那么遥远。

我们无时无刻不想走出阴影，但却被困在原地，无法抬脚。我们觉得成长的轨迹完全偏离了最初的预期，但是却想不出办法来改变这一切。

我们不知道该如何离开阴影，如何找到光亮，我们在寂寂的深夜里，无法入睡，睁大眼睛，看着天空逐渐苏醒。

有时，我们甚至动了念头，就这样心安理得地躲在阴影下好了，毕竟我们努力过了，只是没有效果。

生活的味道又咸又涩，我们想就这样缴械投降，与眼前的阴影妥协，毕竟不用挣扎，不用与生活较量会让自己轻松不少。

但是，我们竟然忘记了，有阴影的地方，一定有光，那光并不会离我们太远，只要一个回头，或者一个侧望，就能发现。

我的生命中，也不可避免地有过颓废的时候，在那段日子里，我消极、无所事事，觉得做什么都没有意义，也找不出有意义的事情去做。

我唯一能够做的，就是硬着头皮一步步向前走，我知道这段时光总会过去，直到我把那段日子走完，我回头看的时候，才发现其实过去那漫长、巨大的阴影，都是今天的巨大伏笔。如果我没有从阴影中走出来，我也就不会看到自己经历过什么。

特别推荐大家看一个真人秀节目，是美国的，叫作《卧底老板》。节目的主要内容就是一个公司的老板，化装成路人去自己的公司和自己的员工一起工作，从中了解员工的不易与员工生活中的难处，最后揭开真相后，去帮助他们实现愿望越过障碍。

可以看到一个公司的领导者是怎么应对这些突发状况和鼓励员工的，真的感动，看着他们久久不能逾越的生活障碍，被别人解决了，看着他们不可思议的表情，喜极而泣的眼泪，我心里觉得很暖。

人们总不相信这种意外的惊喜会发生在自己身上，但是确实发生了，所以人依旧应该对每一天充满希望。其实生活中还是好人多，正能量依旧很多。我喜欢把感动的事情分享给大家，可以让温暖传递下去，让幸福蔓延开来。我真的希望以后咱们国家也会出现这样的真人秀节目。

其实幸福都是很微小的，比如我在外面旅游，吃到了好吃的美味，就会觉得浑身每一个毛孔都散发着幸福的气息，恨不得向全世界喊出自己此刻的美好心情。

在南通，有一天吃到一条巨好吃的鱼，剥皮鱼，产自黄海，无刺，肉质鲜美。

有一次吃到一个超级好吃的东西：烧烤鸡肉贝果圈。

走了一天，看了一天风景，现在居然在街边喝到了和自己的一款香水一个味道的饮品（番石榴+雪梨）。

食物永远是最善良的，它不会拒绝每一个孤独的人。

在我的朋友圈里，这样随时随地的记录有很多，有关吃到的、看到的、玩儿到的。在我眼中，很多不起眼的东西，都是有感觉的，有灵魂的，我能够感受到它们的存在，我相信，它们也一定能与我相互感知。

我们总是会不自觉地忽略每一个微小的细节，我们没有意识到这些细节有可能会改变我们人生的轨迹。

时间总会将我们从阴影中拉出来，我们无法回到从前，也不可能一直留在眼下，你要寻找阴影背后的亮光，早日走过去，看未来盛开。

许多人总是在经历失败或者挫折之后说道："我已不会再对谁满怀期待了。"要是真的做到这样，你赢了，也输了。

我们不能因为摔倒过就再也不走路了，不能因为受到了伤害就再也不相信任何人了。我在网上受到攻击的时候，我也很困扰。看着网页上那些不真实的文字，我心里虽然很憋屈，但我知道清者自清，子虚乌有的谣言必定不攻自破，与其为了这些负能量的事情伤神劳身，不如做点儿自己喜欢的事情。

现在，我还是继续做着自己喜欢的事情，我并没有因为别人的质疑就选择退缩，反而，我很想对那些黑我的人说一声："谢谢鼓励！"如果不是你们的话，我可能还不会有这么大的动力，鞭策自己，让自己变得更好。

努力地去学唱歌、学演戏、学吉他，如果有机会，还想学一学文身，我觉得文身并没有什么不好，因为文身就是把艺术刺入心灵。

我学一切能让我将自己武装得更好的东西，这样努力的每一天都很不容易，但也正是因为不容易，所以更加努力。

每个人对生活的态度，决定了他的幸福感。因为曾经站在阴影中，所以更加珍惜有阳光的每一天。

有时候，一个人经历了一些刻骨铭心的事情之后，总会因为回忆而痛哭流涕。看了一场回忆青春的电影，读了一本浪漫爱情的书，勾动你心中最不想让人触及的往事之后，依然会难过，这是人性使然，无法避免。2016.9.18

我的结局，写在了你故事的开头

不知道从什么时候开始，我们变得越来越高效率，我们会迅速地区分出两件事情孰轻孰重，我们会精明地判断出什么时候离开，对自己造成的损失会更小。是的，在这里，我用了“损失”这个词，因为不会太往心里去，所以也就不能算作是伤害。

就好像谈一笔生意，双方你来我往，互相试探对方的底线，都在心里盘算着如何能够将自己的利益最大化，就算做了最坏的打算，也不会让自己伤筋动骨。尽管我一直不愿意承认，但也找不出反驳的理由。

我们不由自主地，还是长成了我们当初都看不起的大人。

道理谁都懂，生活还是得自己过。

觉得我夜夜笙歌吗？其实并没有，没有营养。

觉得我朋友满天下吗？其实并没有，能交心的就那么几个。

觉得我什么都无所谓吗？其实并没有，失去得多了，也就不奢望得到什么了。

觉得我天天都开心吗？其实并没有，生活所迫，不得不勉强自己开心着。

那不过是个一如往常的夜晚，我像平常一样看书、听歌，和朋友聊天，然后洗澡，上床睡觉。不知道为什么，心里突然有了触动，就在手机上写下了这几句话，写完之后，自己看着又觉得有些好笑。

是啊，这么大年纪了，还矫情什么劲啊。生活虽然磕磕绊绊，但也终究是在一如既往地朝前走着。

不会因为我们一点儿闹心的小情绪，世界末日就降临，虽然夜晚的北京空空荡荡，城市空了，心也空了，太阳尚远，但必有太阳。

朋友失恋了，我去安慰他。

就我个人而言，如果有很伤心难过的事情，情绪一定会失落。帮我分析对错，以一个导师或者用说教的口气来跟我讲话的人，即使你不是故意的那也趁早给我滚远点儿，因为你并不了解我那时候的心境，你也不能体会雪上加霜的丧气。

所以，换作是我来安慰，我会认真倾听对方的每一句话，耐心地陪伴，尊重是一切交流的基础。而且我不喜欢别人以时间来衡量这段

地铁里人来人往，

生活是为别人奔波还是为了自己活着？

那段时间我迷上了《二次曝光》，

我发现生活都是一阵一阵的，

也没准明天我就会迷上你呢。

感情的真挚程度。我认为哪怕只有一秒钟认真地爱了，认真地承诺了，即便最后没有实现，那当时的那一秒也是用心了动情了。

别以为别人成天嘻嘻哈哈地谈论自己的感情，就是不认真。如果天天认真地和每一个朋友讲自己感情的事情，那是有病，况且那些认真去讲述的，还有假的呢。所以不要轻视别人的故事，也不要过于重视自己而忽略了别人的感受。

任何伟大的爱情背后，都有一些不为人知且荒唐的经过。而我觉得，每一份发自内心的爱情，都是伟大的，起码对我自己而言，是人生中永难磨灭的印记。

无人与我写长信，无人为我放烟火，我将与你写长信，将与你放烟火，信长言语至墨尽，烟火燃至天微明。

谁没有故事呢，每个人都有属于自己的故事。每天不是活在自己的故事里，就是活在别人的故事里。

每个故事都会有一个结局，或幸福，或不开心。世上有很多事情，不是你努力就能够做好的，比如爱情，爱情不会因为谁比谁更努力，就青睐于谁。这样想一想，也许有点儿不甘心，但是没办法，老天决定了爱情的缘分。有时候两个人分开之后，都会祝对方幸福，希望对方过得好，也许这样很套路，但是真心是希望，对方不要过得不好。

朋友出现了感情问题，我一向都是劝和不劝分的。每一次，我都会分别说着他们两个人的好，因为觉得能够萍水相逢并相爱是很不容易的一件事情，而且彼此之间经历了很多，虽然有很多事情，我是不太清楚的，但是多少还是了解一些。我很知道朋友的为人和性格，不是那种说放就能放下的人，他们俩分开会思念对方，一起的时候会出现矛盾，这正是爱了，习惯了。你正处在一个瓶颈期，这个时候其实应该互相信任，给对方一些空间。很多道理其实大家都懂，但是做到会很难。

我对朋友说真心希望你们会好，别放手，但又需要给予彼此空间。

朋友说累了，麻木了，不想继续了。

其实对于感情麻木，是不由自主的，因为生活不会给予你一个时时刻刻陪伴你的人，精神交流是重要的。

可是可以交心的伴侣，有感觉的人，彻底放下戒备付出真心的人，真的太少了。所以不得不用其他方式来填补这种得不到的陪伴与牵挂。

人们大致都是用堆积如山的工作，无休止的到处旅行，灯红酒绿的夜夜笙歌，到处寻找所谓的感性朋友去交谈人生，来填补这种空白。有人用无休止的分手、不断更迭爱人来填补自己的空白，抑或空窗期很久之后，用自己最大的力量去爱一个久久寻觅而终于找到的人。

不说这些对与错，因为感情根本无法用对错去衡量，让自己过得轻松释然一点儿便可。谁都想天天被人捧在手心爱在怀中，但这是不可能的。有些人一辈子都活在梦里，他一定是幸福的，因为他永远都有做梦的憧憬，但也许并不会实现。有些人受到挫折之后就变得无比现实、无比残酷，丧失了对美好的向往，这样你可能不会有很大的落差感，但你每天得到的幸福感也会下降。

忍耐着每天都想和一个人灵魂有所交流，这种每时每刻的羁绊，每时每刻需要的存在感，都是我们想要避免孤独的原因所在。千万不要觉得自己是一个失败者不被人待见，不要觉得自己是全世界最孤独的人，不要觉得自己没有用。要记得，在这个世界上，永远有人爱着你，永远有人关心你，永远有人记得你的存在，就像你懂得如何更好地去爱别人一样。

所有故事的结局，其实早已写在了开始的那一刻，你想问我要的结局，只要回头看看我们的故事是如何开始的，便能找到答案。

北京，雷暴天，真想和你一起听雨声，坐在屋檐下面，裹着被子。
2016.9.17

既然认准，就不必担心还有多远抵达

突然有一种感觉，人的思想，没有一个是真的出于自己的想法。我们从一出生就被家人灌输一些他们所谓的处世之道，随着每一天与朋友、老师、同学的接触，耳濡目染，渐渐长大，形成了自己的人生观，渐渐发现独立思考是一件很难的事情，因为或多或少，你在做每一件事情的时候，都会思前想后，回忆以前有没有见过类似事情出现时别人的应对方法，之后会选择最佳的处理方式。

想到如果现在这么做了，会对自己以后有什么深远的影响。所以这些想法真的都是出于自己吗？有时候想想，这也真是一个问题。可如果不借鉴那些过往的经历，是否又无法在这个世界上生存呢？这可能就是大家所说的人生吧。

你看，现在我又在用以前听别人说过的话或者见过的事情，在脑中沉淀之后写下这些话了。

我坚持唱歌，录歌，是因为我很喜欢音乐，很喜欢唱歌，压根没有想过把这件事情坚持下去会对我有什么帮助，或者有什么意义。我是不愿将生活过得一板一眼的人，我觉得喜欢什么，就去做，就去坚持，哪怕不被人支持，只要这件事情让我自己心里觉得踏实，那就足够了。

小时候，其实我很听话，认为听家人的话，家人就会开心，我也跟着开心，后来渐渐发现，听家人的话，自己并不开心。那时候可能就是所谓的叛逆开始萌芽了吧。其实我并不觉得自己有叛逆期，只是那时候形成了自己独立思考的习惯。

举个例子，我小的时候，家里人不让我看电视，让我好好看书写作业，我就想办法偷偷看，听到门外有声音的时候，就立马关掉电视，回到座位坐好，假装写作业，以至于后来我的听力很敏锐，我想大概就是那个时候无形之中练就的“童子功”。

现在，我做自己喜欢的事情已经不会偷偷摸摸了，我自己认定的目标，就一定会努力去实现，今天能做到的事情，就绝不等到明天。而且我发现，当歌手的一个特别特别让我喜欢的地方，就是随时随地，在哪里唱歌都有人会听。我在香港的时候，一天晚上在维多利亚港，面对大海，旁边有人帮我伴奏，我唱了一首歌，周围聚起了许多听众，真的真的好爽，心里都透着美。

时间不应该被浪费掉，所有的精力都应该用来投入前往梦想的路上。一路上唱歌，发新歌，我知道我在越走越远，只是不知道下一站会在哪里，但是这种感觉真的很棒。

依然说走就走，去云南拍录新歌之后又去拍了自己想拍的摄影集。出来得够早，天光足以让路灯熄灭，在前往机场的路上，天边逐渐明媚起来。

在云南，一天里可以经历四季，这种感觉在北京真的很少有。来云南的第二天到了大理，经历了小雨、大雨、暴雨、冰雹、狂风、太阳雨、雨后艳阳天，拍了很多好看的照片，天气好，心情真的很好。

没有什么所谓的浪费时间，既然认准了方向和目标，就不用担心要走多远才能抵达，也许途中会有曲折，但人生漫长，经历一些孤单、流离，想一想，也不算是什么难以忍受的坏事情吧。

最近忙里偷闲，看了几场比赛，恭喜骑士，勇士加油！2015—2016赛季NBA总冠军——克利夫兰骑士，这个赛季的NBA就这么结束了，永远看不够，也永远不会完。

尽管勇士创造了最长的连胜纪录，尽管勇士取得了常规赛的73胜，尽管勇士最后总决赛3比1领先，但是一切皆有可能，骑士最终上演了史诗般的大逆转，赢得了该队历史上首个NBA总冠军。

是的，只要努力，只要坚持不懈，就有可能赢下比赛，过程无论多么艰辛多么痛苦，激励我们的永远是希望，有了希望就有了力量，奇迹就会在此发生。

勇士要记住此刻，记住此刻的深入骨髓的痛，以后必定能走得更远。运动的魅力就在于此，任何事情都会发生，努力就会让生活变得更好。梦想的魅力大概也在于此。NBA 的舞台是属于世界的，就如人生的舞台一样，一切皆有可能。

这时候北京的气温是我最爱的，去赏红叶吧。突然很想装成外国人用外语向别人借用健身器材，再换一个人用中文向他们借，看看有什么不同的结果。2016.9.21

肆

梦想，

是做梦还是想象

亲爱的，谁会和你说晚安

每一个在一段日子里天天与你道晚安的人，都是特别的人。

日子越过越长，影子长长跟在身后，不知不觉间，天就慢慢黑了下来，抬头仰望，繁星躲在厚厚云层里，一颗不见。

这世界匆匆忙忙，每个人都在忙着为自己的故事书写情节，每天都在迫不得已地饰演着不真正属于自己的角色。空闲下来，一时竟不知道该找谁说话。

梦想被塞进行李箱，跟随我们日夜奔波。

回家路上，二环上飞速闪过的高楼鳞次栉比，窗口飘出的二手烟夹杂着喧闹，万家灯火。

我歪着脑袋，虽然没有睡意，但依然闭着眼睛，听着窗外的风声，司机师傅扭开车上的电台，女主播轻柔的声音流淌出来，弥散在静静的夜色中，深夜不睡的听众一个接一个地打来电话，诉说着埋于心底

L' automne 深秋

有一年的圣诞节。

我喜欢能温暖人心的东西，

很温馨。

的故事。

都是无处可以道晚安的人，电台中一个听众，听声音是一个柔弱的女孩子，用带着惺忪睡意的声音讲她自己的心事。女孩从一座很小的城市来到北京，因为想要和异地恋四年的男朋友在一起，她满怀期望地来到北京，拖着比自己还大的行李箱，一心想着要投奔自己的幸福和爱情，可是剧情总是不按常理出牌，她失恋了，男朋友和别的女人在一起了。在一个夜里,她收拾了属于自己的东西,离开了男朋友家，在叫不出名字的街头，呆呆站立了很久，最后蹲下，抱膝痛哭。

那个深夜，女孩坐在马路边哭了很久，周围没有一个人上前安慰，没有一通电话打给她，她就像是这座城市的一粒尘埃，无人在意，也无人理会，寂寞又狼狈。当初为了梦想和爱情来到这座城市，但却在一夜之间，被自己所追寻的东西给狠狠伤害，真的很讽刺，也很无奈。

“如果他能听到这个节目，我想通过这个节目告诉他，现在，我有了一个每晚和我说晚安的人。我曾经特别特别恨他，因为在夜里把我从屋子里赶了出去。在那个无依无靠的夜晚，我决定一辈子都不原谅他，可是，现在，我不想继续这段恨意了，但愿，他也有一个说晚安的人，再见。”

我微微地睁开眼睛，车窗外依旧静谧，汽车发动机的声音，混杂着电台的音乐声，我很快到家了。

打电话到电台倾诉的人，虽然身边没有听自己故事的人，但原来每一段频率中，都能找到一个听懂他们心声的人。

这世界上，每一分钟都在相遇，每一分钟也在离别。在相遇的时候好好珍惜，在离别之后不回头，我们不停地踏上新途，不停地与过去告别，在每一段旅程中，我们都会陷入一种巨大的无力感中，因为失去，因为错过，因为不得不面对的无法陪伴。

“晚安。”

“好梦。”

唇齿相碰，简简单单的两个字，可是说出来却很难。在一个陌生的城市，工作完已经是深夜了，大脑还停在之前的高速运转的状态中没有安静下来。拿起手机，觉得整个世界安静得不像话，想要给谁打个电话，简单聊一聊，说一声晚安，却不知道该按下谁的电话号码。

父母肯定早已入睡，现在拨电话过去，一定会吵醒他们，还会让他们无端地担心。看着电话簿上的那一个个名字，觉得这么晚给谁打电话都不太合适，人来人往，日升日落，每个人都有自己的道路在走，每个人都有自己的生活在过。

不知道是不是只有我有这样的感觉，在某一个时刻，就是会莫名其妙地觉得和谁都会有一层隔阂，哪怕是平日里关系很好的朋友，也会觉得拿起手机，不确定是不是能在那个时候把电话拨过去。我虽然不是什么太过内向的人，但也总是会担心自己的一个无意的举动，会打扰到别人。

心情越来越冷淡，人似乎也跟着变得越来越懒，懒得打电话，懒得说一些想说但还没说出口的话。

打开微信的对话框，却又一个字也不想发。

在最深的夜色中，躺在松软的床上，希望自己就这样陷下去。觉得自己这一路来，走了很远，可是，又会觉得自己哪里也去不了。

允许自己有一点儿难过，但不允许自己在难过中赖着不起来。

有时候，我想，大概是因为没有找到自己的同类吧，我喜欢的东西，别人未必也会如我那样痴迷，我聊起的话题，别人不一定会像他们表面上看起来那样感兴趣。渐渐地，心知肚明，便也不再强求。既然遇不到同行的人，那就自己一个人走，不过是没有人陪伴罢了，也不是什么大不了的事情。

我想，大概就是因为如此，我才会在拨打晚安电话之前那么纠结，因为担心接通之后，电话那端的人无法理解这通深夜的电话的目的，自己还要解释，一起在电话里敷衍地说几句真的假的的话，然后挂断，那一句藏在喉咙中的“晚安”，不上不下，说不出口，也咽不下去。

不过，我还是固执地相信，总会有人和我一样在听同样的音乐，看同样的电影，想着同样的心事，纠结着同样的问题。虽然，这样的人分散在世界的许多角落，我们彼此之间无法认识，也不会联系，但想到自己不是一个人在孤单，在深夜的黑色中，还是会觉得周身流淌着暖流。

就好像电台里，每个夜晚，都会有不同的人守候着那段频率，也会有不同的人打去电话，诉说着自己的故事，或者别人的故事，通过那段频率，我们集体感受着恋爱的温度，集体为失恋悲伤，集体为各种各样的烦恼伤神。

这样的方式，也是一种陪伴吧。

陌生人之间的陪伴，在彼此都不知情的情况下，给了自己最大的安慰，让自己不那么孤单。

诉说心事的人，知道有人在听自己说话；倾听故事的人，知道有人和自己一样深夜无眠。**在心里道一声晚安，给自己，给夜里所有睡不着的、心里藏着故事的人**。

今天买了很多冬装。现在的北京早晚会让人起鸡皮疙瘩，白天却可以短裤短袖。喜欢那种看见就很想钻进去的毛衣和大衣，看起来暖暖的，穿上软软的，很有安全感。2016.9.21

这张照片有意思了。
一种是认为男人与狗狗背道而驰，
另一种则认为男人在后面悠闲散步，
而狗狗在前方欢快地跑着。
其实这就是两种思维方式，一种积极些，一种消极些。
取名为《跟我走，我手里有吃的》。

不要怕迷路，只要还能回头

每一次出去做活动，几天之后再回到北京，我就会有一种久别重逢的亲切感。这种感觉之前从没有过，或者说不会有现在这么强烈。小的时候，一跑出家门，就会和小伙伴四处去玩儿、去闹，一直到天黑也舍不得回家，就是觉得外面的世界又好玩又自在，恨不得能成天成宿地不回家。可是，现在越来越长大，每一次出门都有一种急切回家的冲动，一想到身后有家人在守候，内心也会平静一点儿。

我们习惯了在生活中扮演各种角色，我们为自己的能干而心中得意，我们觉得生活不过如此。但是，当热闹退去，当我们独自一人的时候，我们忽然会陷入一种不真实感之中，所有的一切仿佛华而不实，在没有人能看到我们表情的时候，我们的脸上再也做不出那样丰富多样的神态，我们在浴室的镜子前，看到的只是个一脸疲惫、又寂寞空虚的自己。

心底的孤独感，在寂静的深夜，如影随形。

人生就像一片茂密的大森林，我们穿行其中，寻找最佳的出口，我们往往以为自己找到了捷径，快要看到出口时，却又突然迷失了方向，前方一片茫然。所谓的成长，大概就是不断地迷路，不断地折返，不断地在跌倒中爬起，继续前行吧。

我生来大概就是笨拙的人，一遍一遍走着自己想要坚持的道路，一遍一遍坚持着内心最初想要遵循的梦想，在我看来，走错路和迷失方向都不要紧，只要我还记得梦想在哪里，我就一定能够找到那个为我自己而开放的出口。在我前行的过程中，家里人的无私支持和陪伴，是我最大的动力，他们的安慰，他们对我的保护，都是让我能够走得更远的动力。不能说是脑子不灵光，大概这就是所谓的执着吧。

但也正是因为不顾一切地去追寻我的梦想，所以陪家人的时间也越来越少了。从我有记忆的时候开始，印象中的老爸就是空中飞人，老是在各国飞来飞去，小时候他不在身边的时候老是想他，后来大些了，就不太想了，只是成天想着怎么淘气了。可是现在，每次他拉着行李箱去机场，看着他的背影，我又会很想他了。

真的觉得时光荏苒，他老了，很心疼又停止不了时间，等以后他不忙了，我一定会静静地陪陪他，哪怕只是看看电视下会儿棋，不说话都好。我们能在一起聊聊各自的梦想，分享一下各自不靠谱的念头，想一想就觉得时光变得柔软起来。

他是一个外人看起来不苟言笑，但是我可以一句话就把他逗乐的人。那天我教了他一个游戏，就是狼人杀，与他讲述这个游戏过程时他笑了。可能因为是我和他讨论的，也可能是这个游戏很有意思，反正不管怎样，他笑了，他开心，最重要。

八月末，暑热退散，早晚风起，已经有了秋天的凉气。暑去秋来，大雁南飞，世界就是这样一次次轮回往复，一直到我们白头。

一早醒来，懒洋洋地趴在阳台上看小区花园里的老人和孩子，时光似乎特别优待他们，老人们不觉岁月慌，孩子们不知世事愁。

而我，总是觉得走得太快，太慌张，心里计划了一下工作，一些事情已经计划到了冬天，未来的几个月是满满的各种工作，我就像是一台输入了既定程序的机器人，只要按照指令完成就好。

我不会对目前的生活说后悔，因为能做自己喜欢的事情，但也会觉得有种风从心脏扫过的感觉，不知为什么会觉得有点儿心无所依的感觉。

有朋友开玩笑说："夏天已经走了，冬天还会远吗？"

清早起来，的确也已经有了秋的寒意，上一个秋天已经过去很久了，这一个秋天悄然来临。世界从不和人商量，四季更迭也是悄然无声，只有自己慌张地成长，发出令人胆战的声响。

不知道从什么时候起城市像被盖上了一个无形的顶棚，抬头看见的都是高楼林立，我们像井底之蛙一样只能看见一丝天空，想接触自然只能去野外，想望向天边只能去楼顶，让自己爬得越来越高，以为可以看到一切，但终究徒劳无功，我们只能看到脚下的路，看不清远处的雾。

冬天阳光明媚，没有一丝寒风，
这便是北京城最舒坦的冬日。
《冬日剪影》

大厦林立，满眼的广告牌亮着晃眼的霓虹灯，**城市就像一个巨大的舞台，每个人都是上面的演员**。我想扮演自己希望扮演的角色；设计几款属于自己的私人定制服装；调出一个只属于自己的味道；做出几道自己创造的料理。虽然不能说是世界唯一，但起码在心里是最特别的。希望在接下来的几年里可以实现这些长久以来的期望。

这个世界上，很多东西都有价格，无非贵贱之分，但也有很多东西没办法标价，因为无法买卖，比如梦想。

我心里有很多梦想，有些已经实现，有些还在实现的途中。和瓷在酒吧喝掉一整瓶的威士忌，瓷眼神发直，不知道是不是喝多了。

他重重搁下酒杯："真想回头再来一遍。"

回到最初吗？往回走吗？恐怕是不可能了，但是心里真是熬头儿（ao tour）[1]，人生从来没有设置回头这一条路，我们每一个人都在迷雾中慢慢摸索着前行，都想要尽早到达彼岸。如果稍微在原地停留，辨别一下前进的方向，这样虽然会走得慢一些，但却会走得更坚实。

日夜交替，心中永远有光，因为怀揣着梦想，所以可以日夜兼程，无所畏惧地大胆赶路，不怕走错，因为错了也没关系，不影响我们继续前进就好。

爱情是属于三毛的梦想："爱情如果不落到穿衣、吃饭、睡觉、数钱这些实实在在的生活中去，是不会长久的。真正的爱情，就是不紧张，就是可以在他面前无所顾忌地打嗝、放屁、挖耳朵、流鼻涕；真正爱你的人，就是那个你可以不洗脸、不梳头、不化妆见到

[1] 熬头儿，北京方言，表示心里烦恼。

的那个人。”

寻找自己是我的梦想，徐志摩的《云游》是我很喜欢的一首诗歌，谁不曾在青春岁月中做过飞扬的梦？奋身跃入热烈的现实之狂欢中，喧嚣中擦拭自己的生命。

那天你翩翩地在空际云游，
自在，轻盈，你本不想停留。
在天的那方或地的那角，
你的愉快是无拦阻的逍遥。

你更不经意在卑微的地面，
有一流涧水，虽则你的明艳，
在过路时点染了他的空灵，
使他惊醒，将你的倩影抱紧。

他抱紧的是绵密的忧愁，
因为美不能在风光中静止；
他要，你已飞渡万重的山头，
去更阔大的湖海投射影子！
他在为你消瘦，那一流涧水，
在无能地盼望，盼望你飞回！

席慕蓉在她晚年的时候，于《独白》中写道："在一回首间，才忽然发现，原来我一生的种种努力，一直在为了周遭的人对我满意而已。为了博得他人的称许与微笑，我战战兢兢地将自己套入所有的模式所有的桎梏。走到途中才忽然发现，我只剩下一副模糊的面目，一副没有灵魂的肉身，和一条不能回头的路。"

漂洋过海，跨过山川，不怕粉身碎骨，只是担心青春时候做下的白日梦不能兑现，心里始终堵着一口气，就是想要到达期盼的彼岸，不论多远，不论多晚，只要能够抵达，便是晴空彩虹，盛世美景。

你好，早安，孤独的城市。看着太阳都奋力地想拨开乌云把阳光洒向大地，我也该继续努力，让大家都快乐起来。2016.10.7

还来不及拥有，便要学会认真失去

我读书的时候，也是挺调皮的一个学生，一坐进教室听老师上课就开小差，总想着溜出去玩儿，对教室窗外球场的兴趣，远大于对黑板上板书的兴趣。不算乖乖听话的“三好生”，但也不会乖张到没有边际，现在回想起学生时代，不过就是一部飞扬明亮却没有高潮的青春片。

在我的心里，大多数人的童年都是色彩斑斓、不谙世事的动画片。几乎不曾想过，在这个世界的某些角落，还有一些人，他们虽然心底有光，却只能置身于彻底的无助中，他们的人生就像是一部黑白默片，没有颜色，没有风声。

2015 年的时候，第一次去一家儿童救助机构（驹章胡同社区服务站）看望那里的孩子们，那些孩子都是听力有障碍的儿童，模样可爱、纯真，但却无法正常与这个世界交流。对于正常人来说，声音是与生俱来的，

她在认真地倾听一个八音盒，
我让她放松，她便没了表情，
其实这也是好的，
拍照片不一定非要什么表情，
自然就好。

可是对于那里的孩子们来说，拥有声音是一件特别奢侈的事情。为了能够听到声音，他们需要借助工具，佩戴人工耳蜗，但耳蜗的价格昂贵，最便宜的一种也需要二十万元左右，这些孩子的家庭多是负担不起的。

每每想到这些，都会特别心疼他们。我和他们说话，也不知道他们听清楚了没有，但他们似乎并不介意，只是冲着我笑。听救助机构的工作人员说，只要有人来探望，孩子们总是很高兴，外面的人进入到这个封闭的小院，孩子们即使听不到，也能从来客的身上，感受到了他们未曾见过的繁华世界。

看到我们一帮人来看他们，孩子们特别开心。其实我们也做不了什么，只是给他们带一些简单的生活用品——吃的和用的。和他们说话，他们只能借助助听器来勉强听懂，但是什么也说不出来，张着嘴巴“嗯嗯啊啊”努力想要表达，可是我从他们的眼眸中看到自己是一副浑然不懂的样子。想到日后，他们会同许多像我这样的正常人困难地交流，心里真的很难受。

世界就是如此不公平，人与人之间，从出生起就有了不可逾越的差距和鸿沟，和这些孩子待在一起，看他们咯咯笑作一团，我心里却是一团茫然。无法想象日后他们长大成人，如何去应对这个坚硬如铁的人世间。成年人的世界光怪陆离，到处都是会让人跌倒和碰伤的危险。

现在，在这方小天地里，他们暂时得到了庇护，可终有一天，他们会成年，会走出这个保护圈，在伤害与漠视中向所有一切低头、握手。

他们也许会变得沉默，躲开旁人注视的视线，他们不会再露出现在这样的笑容。身为一个成年人，我真的太知道如何封藏自己的自卑和不安。

在我临走的时候，我还特意为他们拍了一组照片，感觉特别有意义。镜头下，孩子们天真、懵懂，他们不停地笑，对着镜头笑，彼此之间推搡着笑。我按下快门，我知道自己替他们留住了这一刻的笑容。日后，当他们长大远行，这些照片上的记忆留存，也许会使他们有那么一刹那，将现在这段纯粹的日子重新忆起。

与现实抗衡，温暖的记忆，会是最好的途径。

一段时间以后，我又去那个儿童救助机构探望。有些孩子可能康复了离开了，有些孩子可能去了别的地方，一些记忆中的旧面孔找不到了。又来了一些新的小朋友，虽然挺想念以前的孩子们，不知道他们现在在哪里，过得好不好，但是看到现在的孩子们对着我开心大笑，我心里也是暖融融的。

眼前的孩子都还那么小，却要面对自己天生的残缺，并与之相互接受。我曾试着想过，如果我是这些孩子中的一个，我是否会露出这般灿烂的笑容？仅仅是想一想，便觉得浑身力气被抽走，而这些孩子，要与自己的缺失一生相伴。

我想要告诉他们，要好好努力，好好地康复，不要被自己的缺陷所拖累，要阳光、开朗，要积极向上。但是我什么也说不出来，我只能温柔地拉着他们的手，让他们尽量地感受到他们不会孤单，让他们知道总会有珍惜他们的人出现在他们身边，让他们在乎自己的未来。

成长的过程中，总是有人领先一步，有人停在起跑线迟迟不能迈出第一步。不过，这都不要紧，慢慢地，我们都会明白，每一个人都有自己的路要走，我们不会为了自己的迟缓与别人的疾行而驻足停下，没必要为了自己无所依靠而痛楚，也没必要为了别人的不施援手而耿耿于怀。你所经历的人生是你自己要承受的，你必须明白任何依靠和抱怨都无济于事，前方的泥泞，无人铺路。

我有的时候会想，大概所有人都是如此吧，**还来不及拥有，就要学着如何接受失去。还没下定决心去成为更好的人，就要学会如何面对一览无余的平庸；还没鼓足勇气去寻找梦想，就要学会如何在荆棘丛生的现实为生活打拼**。

那些一直在做公益事业的人真的很可敬，他们为阴影中的心灵带去了光，为那些心里有刺的孩子，拔掉对这个世界的芥蒂，帮助他们更好地长大。北京还有很多这样的儿童救助机构。我常会对身边的人说，只要有机会、有时间，我们就去那里看看他们，陪陪他们，因为那些孩子看到我们，就会露出最美的微笑。

这样美好的微笑，会让我们彼此都成为更好的自己，即便是未来再也没有交集的可能，但我们都曾努力地给予彼此力量。

可爱的孩子们，希望你们以后一切安好。世界复杂，不必害怕，找不到方向，也不必迷茫，因为总是会在某些时刻，会有某些人，愿意伸出手拉你一把，带你走到光亮的地方，告诉你前路悠悠，慢慢走，不必急、不必慌、不必忧。

北京，深秋。北京的秋天很舒服，不干不潮，温度正合适，单衣加一件外套即可。秋天是个伤感又潇洒的季节，可是美好的季节总是短暂的。做噩梦了，为什么噩梦总是如此真实？噩梦初醒的我，为什么如此狂躁？！ 2016.9.21

不是所有的久别重逢，都是失而复得

在这个全民回忆的时代，每一天，每一个人不是忆苦思甜，就是深陷曾经的美好中，不肯抬头。

喜欢看天空，明媚的阳光下，天空蔚蓝更显得难能可贵。我拍的照片里，有许多都能看出我对天空的偏爱，我总愿意留出大幅的空间，将天空收纳进来，将人物缩得很小。看着天，就像看到远方，仿佛能看到天边的那一头。也有人在同样抬头，我们望着同一片天空，各怀感想。

虽然，近两年的北京城，大部分时间都笼罩在灰蒙蒙之下，偶尔遇到日暖晴空的时候，心里会涌起一丝丝感动。

许多人抱怨北京的各种不好，北京的雾霾、北京的拥堵、北京的庞大，但是，我总会想起北京一切皆好的时候，常常会想起小时候，满头大汗地奔跑在蓝色的天空下，那时的街道总觉得很宽，那时的日子总觉得很长。

有时一个晃神，会觉得回到了十几年前的某个时刻，白云像棉花糖一样，一片一片松松软软地飘浮在头顶，红墙灰瓦的城墙根旁，低矮不一的平房，从胡同的这一头钻进去，再从那一头跑出来。

空气里带着淡淡的槐花香，围绕在四周，经久不散。这味道会穿越时间的长河，偶尔从我的记忆深处跑出来。

我一直不愿承认自己是个喜欢怀旧的人，内心深处，隐隐觉得怀旧是文艺青年的固定标签。而我，不愿被人当作文艺青年，倒不是对文艺青年这个称谓有什么意见或者特别的看法，只是纯粹地认为自己是普通青年，所以，当朋友拉我进电影院去看青春片，想要悼念自己的青春时，我内心本能地会拒绝。

我很少看青春片，总觉得电影里的青春和自己不是一个世界的，就像之前电视台采访一个学生时，那位学生笑笑，幽默地说道："长得好看才有青春，长得不好看只有学习。"电影中的青春总是肆意飞扬，而我们大多数人的青春却是平平无奇。

当我和瓷从电影院出来，他还一个劲儿沉浸在对青春的怀念中。有时候想一想，也会觉得很奇怪，明明我们才二十多岁，偏偏心里就已经认定自己沧桑得不行。我们害怕告别，但我们总是在别离；我们热衷相聚，但我们又要故作洒脱；我们明明想念一个人，但我们却又要强忍思念。

我们总是在伪装，把自己伪装成一个完全不像自己的人。我想，也许正是因为这个原因,我们才会那么怀念青春,怀念那个年轻日子里,真真实实的自己吧。

告别了年少无知的叛逆岁月，我反倒常常怀念那个时候了，怀念那个总是喜欢用愚蠢的方式和全世界对抗的年幼的自己，怀念那段时间里，陪我一起与世界叫嚣的瓷们。只是可惜，我们渐渐走散，在一个又一个的路口，选择了自己的方向。

青春里，无所事事的大白日里，我常和朋友做着各种白日梦，觉得明天就是一出金灿灿的喜剧。不然呢，年轻的心里，哪会那么多现实和惆怅。

后来，再次和青春时期的朋友相遇，我们自然是兴高采烈，大家从青春中走出来，又在生活中相遇，久别重逢的喜悦令我们心里很是激动。梦想自然是绕不过去的一个话题，只是我发现，当初与我大谈梦想的人，而今却没有再提起的兴趣，说过几句之后，挂在嘴边的便是家常琐事，公司长短。

嘴角浮现出苦笑，我应该想到的，不是所有的久别重逢，都是关于过去的一场失而复得，在这么长的分别中，记忆中的美好就应该让它留在记忆深处，而不是再拉扯进现实生活中来。

程：吸烟有害健康，但是烟草却是一种风情，你说呢?

照：是啊，对于有些人来说，抽烟不是伤身，不是习惯，而是一种情调。

程：对啊，很多美的画面都有烟雾缭绕，那种画面，一个优雅的

还记得《马头营》吗？
我们那时候的执念此刻还在吗？

女人点燃一根烟，可能不需要抽，只是为了烟雾缭绕她罢了，烟草对于她们是一种装饰。

照：只是为了给自己的心灵一些慰藉。

程：三毛说过，夜晚点上一根烟，烟雾化成你的样子，挥一挥手，却烟消云散。

照：三毛永远戒不了烟，就像永远忘不了荷西一样，因为她根本就不想忘记。

程：所以她选择了自杀，撒哈拉的故事在她死去那一刻得以继续，在天堂中永恒。

照：失去自己的性命，换得与爱人相随的灵魂。

程：她在荷西死后又去了那么多地方。

照：去再多的地方，也寻找不回她心里的那个地方。

程：她心早就死了，随着荷西去世那晚上就走了。

照：她迷路了，最终以了结自己的生命结束了一生。像哭泣的骆驼，迷路的斑马，"我背负着幸福，却追寻着痛苦，忘记了收复"。

有些相遇，不是为了与过去重新无缝对接的；有些重逢，注定还是以告别结束。我们一起走过的岁月，会永远留在过去的那个时刻，我将它们放在记忆中最安全可靠的地方，感受着来自它们的温情。

我们这一生，应该总是会遇到很多不知如何是好的时刻吧：青春会散场，阳光会隐退在乌云背后。我们有时蓦然回头，才会突然惊觉，自己竟然已经走了这么远，这么远。那些和我们一起梦想着未来的人，在我们的视线中越走越远，消失不见。

我们都是为了生活努力过的人,我们分别,我们交集,我们再分别,每一次相逢的我们,都是崭新的我们。我们对于生活的要求,各不相同,我们都是被生活的河流推着向前走的人，我们的人生轨迹不知不觉间就发生了改变。

有的人逆流而上，有的人顺流而下，有的人待在池中，有的人跃下瀑布，梦想本来就不是那么容易实现的，我们每个人都有自己的选择和考虑。如果说小的时候，我们都想当一个“梦想家”，都沉浸在关于未来的无限遐想中，那么时至今日，我们更多的是为生活而努力，我们将小时候夸张的梦想，转化为现在一个又一个的小目标，一件又一件自己喜欢做的事情。

告别的路上，我会回头看，目送从生命中离开的人，越走越远。我知道，我们终究是无法一起同行，无法一起奔向同一个方向，但是我们曾经一起经历过一段岁月，只要想起，就不会觉得孤单。

在我看来，对于生命的最大尊重就是接纳。这并不是我想要上鸡汤，而是真心觉得命运颠簸，接纳一些人兜兜转转之后还会出现，或者接纳一些事情，千山万水之后，悉数散尽，再寻不见，无论哪一种接纳，都是对自己最大的温柔。

生活中，人们来来往往，突然出现，又一走了之，有的告别，有的连再见也没来得及说，如果重逢，就把酒欢笑，如果不见，就一笑而过。岁月会帮我们过滤所有的杂质，留下纯粹，留下感激，留下对珍贵往日的回忆。

为什么这么喜欢熬夜不睡吃东西呢，因为夜里的东西，特别**好吃**。2016.10.27

伍

总有那么一个人，让你原谅这世上所有的刁难

我不怕你迟到，只担心你不来

对待爱情，我很看重感觉，感觉是一种特别的默契，是有人懂你的欲言又止。如果硬要描述的话，有一种感觉是，见到她的时候，就好像瞬间经历了整个人生。

小的时候，我在电视剧中看了许多爱情故事，总是会在结局之前就匆匆断言："他们一定不会在一起"，或者"他们一定会在一起"。

十来岁的年纪，对爱情谈不上了解，只是因为年幼无知，便言之凿凿地妄下判断。少年的心中，世界黑白分明，泾渭清晰，只是会在大结局时，看着出乎自己意料的收尾感到奇怪。

明明是能在一起的人，为什么偏偏会转头，各自背离？

明明是不会在一起的人，为什么会恰好把对方看在眼里？

长大后，因为身体力行地与爱情打过几场"遭遇战"，所以回头再想，恍然明白，碰到"爱情"两个字的时候，本就是这命运中不可揣测的意外，像一场神奇的高空抛物，不偏不倚地砸到你，就是你，砸不到你，就不会是你。

缘分，有缘有分，才能相遇，二者缺一，都是无力。哥们失恋，深夜打电话吐苦水，夹杂着酒精与烟草味道的声音，在手机话筒中听起来无助又不甘。

真真切切地已经相逢，为什么又会彼此迷失，成年后的爱情，总是夹杂了太多的附加条件和捆绑赠品，就好像你在4S店看中了一款心仪已久的汽车，想要开回家之前，还要买下各种保险和收下不需要的附赠品。

有段时间，我很喜欢看王家卫的电影，一个人的时候，随便打开一部电影，漫不经心地看起来，能看很久。感觉王家卫拍的电影，就是给无聊、寂寞的观众量身打造的，影片中的人都是一副对世界没有要求的样子，但其实，他们永不和世界妥协，一丝一毫退让的意思也没有。

旅行时，我曾在街边的小店看到过一张明信片，之所以对那张明信片记忆深刻，是因为上面印有一句话我很喜欢：“如果不是你，我不知道是谁。如果我喜欢的你，也在喜欢着我，我想，我愿意原谅这世上所有的刁难。”

一个对的人的出现，会让你觉得生命陡然之间变得温柔起来。如果换作别人，眼眸所见之处的光线都会黯淡许多。

这个时代的我们，这个年纪的我们，常觉得爱情会迟到，在爱情姗姗来迟的路上，我们翘首以盼。每一次恋爱，总是会大张旗鼓地声张，恨不得让全天下都知道自己的爱情来临了，好像这样，爱情就不会走。

一个人谈恋爱了，每天打开朋友圈，总会被他的恩爱日常刷屏，如同早、午、晚新闻，定点定时地播报着。每一个大大小小的节日，他总会绞尽脑汁想着如何送出脱俗而又精致的爱情礼物。所有的精力和时间，都投入在了爱情中。手机里，存放着各种恩爱的自拍照；聊天时，总要秀出山盟海誓的甜言蜜语给我们听。

也很自然吧，谁不希望将自己的幸福昭告全宇宙呢。说到底，我们都是心底没有安全感的人。也许是经历了太多得而复失，所以想要将感情演绎得轰轰烈烈，绚丽华美，像一场维密的走秀，吸引所有人的注意。

毕竟，遇到爱情，遇到爱的人，太难得。

我也曾想过，如果可以写出让无数人向往和期许并且潸然泪下的故事，或者短句，该多振奋人心，陶醉其中。但笔下始终空白一片。

可能因为现实生活中很少有这种爱情吧，人们才会那么永不停歇地去用纸笔、用信念去创造，在书中和电影中去寻找，用文字与影像去表述。

《颠倒的世界》

车站有那么多人，可是他们不能陪你回家

盛夏炎热，风云变幻得也快，一天下午，我有点儿时间，就出去转了转。出门的时候还是艳阳高照，我就在附近找了一家商场闲逛，可是，当我从商场出来不过几分钟的时间，“噼里啪啦”就下起了暴雨，我快跑几步，在一个公交车站躲避。

雨水很大，路面很快就有了积水，在我身旁的一个女孩，温软的眉眼，声音软软糯糯，在用微信语聊。虽然听不清她在说什么，但看她的神情，想必微信那端的人，不是暗恋的对象，就是热恋的男友。

我反正不赶时间，也知道这场突如其来的大暴雨，不会持续太长时间，就索性安心地等着雨停。

不一会儿，一个撑着伞的男孩子从雨中走来，直直冲我这个方向走来，我留意到身边的那个女孩子脸上浮现出意外又幸福的笑容。

“你怎么来了？不是不让你来吗？”女孩子嘴上虽然说着埋怨的

话，但我从她的表情上看得出来，很开心。

男孩子走近女孩子身边，他说了什么，我没有听清，他们撑着伞，很快在雨中走远了。大概过了十几分钟，雨渐渐停了下来。汽车来来往往，飞驰而过，路上的水坑儿时不时被溅起一阵水花，行人跳着脚，小心翼翼躲着积水前行。

这座城市太大了，我们常觉得不可思议，这么多的人，这么多的街道，为什么一直都遇不到心仪的人呢？

我京瘫[1]着坐在公交站候车亭的座位上，还在回味刚才看到的那一幕。我不是一个特别感性的人，却总会为了生活中一些细小的事情而感动。曾认真地和朋友们讨论过什么是爱情，每个人的看法都不一样。

“爱情是我在东三环买套房子，可以无所顾忌地加上对方的名字。”

“爱情是我不论夜里多晚回家，卧室都亮着一盏台灯。”

“爱情是我明明最爱吃辣，却每天陪对方吃白水煮青菜，还笑着说好吃。”

我觉得爱情很简单，其实就是，一把不论下多大雨都会为你撑起的伞，一个不论你在哪里都会赶来的人，这就足够了。

上中学的时候，男生和女生青春期的那点儿小心思刚刚萌芽。在学校门口、胡同口，总能看到骑着单车，晃荡来晃荡去的少年。那时候，每天能够一起上学，一起放学回家，短短几十分钟的路程，是爱情最初的模样。

[1] 京瘫，一种瘫坐着的动作，用一句北京话来准确解释就是：“从椅子上出溜下去。”

现在的我们，似乎越来越懂爱情，每个人都能将自己心中关于爱情的论调侃侃而谈大半宿不停嘴，看似我们越来越有资格拥有爱情，貌似我们越来越有能力掌握爱情，但其实，我们与爱情越来越远。

一位朋友曾经非常喜欢一个女孩，总是悄悄躲在一旁偷看。

我说："这么看再久，她也不会知道你喜欢她。"

他问："万一我表白了，她拒绝了我怎么办？"

我说："那就再表白。"

他问："万一再被拒绝了呢？"

我说："那就再表白。"

他："……"

我们越长大，胆子就越不足。总能记起上学的时候，老师在黑板上唰唰地写着考试要点，我们在课桌下纸条接力，就为了能够把自己的心意传递给喜欢的女孩子知道。那时候，什么心思也没有，一心只想要自己的喜欢被喜欢的人知悉。

可是，现在我们想要的越来越多，拥有的却越来越少。除了自己心底喊了无数遍的誓词之外，什么也没有。

我们长大了，离我们曾经渴望的未来越来越近，我们成为我们小时候做梦都想成为的大人，我们口袋里的钱足够买一书包的零食，我们可以彻夜不睡地看我们喜欢的足球赛，我们能够随心所欲去做任何当时我们没办法做的事情，唯独一件事：我们不敢再像那时候一样，执着地等着一个喜欢的人。

我们变得越来越不敢，我们为自己的"不敢"找了许多心安理得的借口。我们总是在等，消极等待似乎成了我们唯一的途径。

古有梁祝、凤求凰，现有三毛与荷西、John Lennon 与小野洋子、荒木与阳子。从荷西的意外逝去到三毛的自杀，Lennon 被枪杀，阳子的葬礼……他们都经历着生离死别。所谓情爱，不过是心与心合二为一的交流。**我们绝不会知道以后的她 / 他是什么样子，这才是生活的魅力**。

每天的公交车站，都会有很多人，他们有的会踏上同一辆公交车，但彼此之间毫无交集，在各自的站点下车后，便头也不回地离开。有时我会想，这世上有这么多人与我不停擦肩而过，但却没有一个人能够陪我回家。

热恋的时候，觉得全世界温柔待我，失恋之后，便觉得每个人都欠我一句道歉，每天被“回忆杀”戳伤。曾经也为了爱情十分勇敢，觉得对的人已经出现，千辛万苦也要抓住，但是分别之后，又会觉得也许对的人还在下一站。于是，不停地错过，不停地等待，过往的日子里，我不知道对的人到底有没有来过，我到底有没有错过。

在需要陪伴的日子里，如果有一个人正好出现，那一定要好好珍惜，我们无法预料未来的天气，但是我们可以知道自己当下的心情。

很想要感谢每一个出现在我生命中的人，因为有了你们的出现，让我的孤单变得不再那么孤单。虽然我们互相在下一站各自离去，登上了不同的公交车，但因为有了彼此陪伴的那段岁月，让我多了一些力量。

我也知道有些人的相遇，就是为了告别。

我也知道茫茫人海中，不是所有人都能从相逢走到最后，但每一次的相逢，都是回忆中不可磨灭的光。这光，这亮，会时刻提醒我们，在往后的日子里，不要辜负这时光，不要辜负这相逢。

男欢女爱是世界上最有趣、最复杂的事情，能让人快乐似神仙，也可以让人痛苦似轮回。2016.10.29

我的盔甲，你的软肋

我的一个好朋友要去莫斯科了。我买了两瓶香水——“莫斯科味道”，一瓶送给他，一瓶送给他的女朋友。虽然他们以后会相隔两地，会有很长的时间无法见面，会在相互思念中度过岁月，但当他们想到对方和自己用的是同一个味道的香水的时候，心里一定会是暖暖的，也是很浪漫的。觉得为他们这样做一些事情，我心里真的开心。

嗅觉的记忆是很长久的，藏在风中，阳光下，空气里，无处不在，任何微弱的触动，都能令你回忆起当初的味道，从而想起当初的那个人。

就算我们踏过无数条河流，走过晴天，经过雨天，也依然会记得彼此。每当我们想起彼此，就会觉得如果不是对方，便不知道是谁还能住进我们的心里。

我小时候就很喜欢吃便利店的肉酱意粉。那时候很多人都问我：“你为什么那么喜欢吃？”是的，那种肉酱意粉真的是有点儿咸，肉

这两个是我认识十多年的人，
你说亲不亲？
让他们客串一下情侣，
穿着我们的校服，
饰演青春年少的叛逆爱情。

也不多。但是喜欢，我就是喜欢，没有什么为什么，每一次吃到它，味蕾就很享受。

就好像喜欢一个人，也会有人问到为什么会喜欢。依然是没有原因，能够说得出理由的喜欢，在我看来都不是真正的喜欢，我喜欢她是因为，我就是觉得她好，她什么都好，她的一切都是我所喜欢的。

想要和一个人在一起，牵手而眠，清晨一起被阳光叫醒。这个人会成为你最坚硬的盔甲，让你抵御生活中的一切困难，也会成为你最脆弱的肋骨，令你毫无抵抗能力。我相信，在许多人的生命中，都曾出现过这样一个人，他们真真切切地与你同行了一段路程，与你共同经历了许多故事，然后，在某个路口，与你分道而行。

“我想和你在一起。”

“对不起，我们没办法在一起。”

这样的桥段每分钟都在上演，这些年，我见到过许多为了爱情孤注一掷的人，他们愿意倾其所有为自己倾心的人付出一切，无论这个人是否能够给他们以回报，甚至他们明知道自己的付出是得不到任何回应的，也心甘情愿地像一个傻瓜一样做着义无反顾的努力。

我想，在我们每一个人的生命中，应该都曾有过那样一段闪闪发光的时光，在那段时光中，我们毫不怀疑我们生命中出现的爱情、友情。一切与自己相关的情感，都会在我们的坚持下地久天长。

我们就是那么笃定地认为，只要我们愿意，只要我们相信，我们就可以和我们想要在一起的人，走到天荒地老。可是后来，我们也都渐渐知道了，生命中出现的很多人，只是我们经历的众多过客而已。

又有一个认识了很长时间的兄弟和他女朋友分手了，就是我送香水给他们的那一对儿，仅我知道的关于他们的故事就有很多，我也亲眼见证了很多关于他们的美好浪漫，我都希望他们立马结婚。

这个故事的转折是不是让你们大跌眼镜，也许你们会在心里大呼再美的爱情也抵挡不住距离。其实，一份感情的消逝有很多原因，无论是在一起还是不在一起，都是爱情当事人的选择，作为局外人，我除了尊重，只能安慰。

我希望我的这位朋友能一直快乐，迎来新的感情。因为我们都经历过失去，所以才对美好那么向往、那么珍惜。在他心情难过的日子，我会告诉他，兄弟，我们一直都在。

在失恋的时候，友情应该是最佳良药吧。

随着年龄的增长，我们对分手越来越恐惧，也对相守越来越珍惜，不再用冲动和任性，选择分手或离开。经过深思熟虑的分手，复合的概率就会更小，不会回头，更决绝地放开。而对双方的印象也似乎越来越好，不会像年少时，分手后都充满了对彼此的责怪，去一个劲儿地痛恨对方。

请记得曾经给予彼此的美好吧，即使分开也多记些对方的好，少想对方的缺点。这样，对自己的将来就会有憧憬，也不至于失去向往。

曾经以为的天长地久，到头来，也不过就是回忆中的偶尔想起。

分开的理由有很多种，好像到了某一个年纪，分道扬镳比携手同行更加容易。于是，我们记忆中有了那么一段时光，时光中有了那么一个人，不会轻易地想起，但也绝不会甘心忘记。因为这个人，曾经与我们息息相关，是我们全部的勇气，是我们在最美年华中，曾经寄予全部希望的人。

这个人，似乎永远不会再见，但又似乎随时都能相见。某一个夜深人静的晚上，当你在网络上无意中点开一首歌，忽然发现那是来自过去那段时光的旋律，你才会发现心里有一处角落空空荡荡的，无论用什么都无法填满。

这样的一个人，会是你不论在什么时候想起，都觉得又亲切、又陌生的存在。《一代宗师》里说道：“念念不忘，必有回响。”我后来才明白，生命中有这样的一个人，无论你们之间相隔多远，无论你们的过去逝去了多久，无论分离之后你们各自的生命中有多少人来来去去，这个人，都会是永久的存在。

怀念一个人，需要多少光阴？

忘记一个人，需要多少岁月？

喜欢举高高不是因为喜欢那种亲昵的举动，而是因为这样可以让你看到更远的地方。很喜欢听你说话，就躺在那种摇摇椅上面，面朝大海，旁边有你一直在轻轻地说话，时而感性，时而忧伤，时而幽默，时而哽咽。就像睡前的时候，必须听睡前故事一样。2016.11.14

余生请多指教

像电影里一样，他和她不是同学，不是通过家人介绍，也不是通过朋友的朋友认识的，而是通过社交软件相互结识的，他们本来没想到往后会继续走下去，但在一起的默契感觉都是最好的，她给了他足够的空间，他也给了她足够的安全感。

但是在一起一段时间以后，觉得不能互相包容不能相互理解了，便选择了分开，他们以为不会再联系，但此后的两年间总是断断续续地会聊些近况，两年间变化的东西有很多，双方也都曾经有过复合的想法，但都因为各种原因未能达成。

就在昨天，他们聊了很多。女生说：这两年中，我每当走过那些我们去过的地方，都会眼角湿润，记得你给我做过的每一道菜，有时候都会叫出你的名字，真的是忘不了。

男生说：你这是想复合的意思吗？

女生：是的。

男生：那好吧。

女生：余生请多指教。

其实那时候当他听说女生有了新的男朋友的时候，嘴里说不在乎，但心里却是一紧。他们兜了一个两年的大圈子终于又回来了，真的让我很感动，这两年，肯定都会遇到很多人，但他们依然都忘不了对方，这种感觉这种默契前所未有，说不出是为什么，可能就是那种说不清道不明的感觉吧。

有时候感情不是嘴里说靠谱就靠谱的，难道非得父母认识然后彼此从小一起长大的才靠谱吗？社交软件上认识的就不靠谱吗？不是的，靠谱是要用心的。

在回北京的路上，我和他不在一个车厢里面，我一个人度过了一个无聊的返乡旅程，而他说：她陪我聊了一路。听到这个的时候，我忽然感觉眼角湿润，因为他的故事会感染到我，想起自己的曾经。

如果相隔两年还是会触景生情，很多细节都记得清楚的话，那真的是爱了。我想，大家不必怕错过，因为如果是真的有缘，无论有多少艰难险阻，也会重新找回对方的，不管是谁先迈出的这一步，迈了就好。

从现实走入心里，在我看来是很长的一段距离，从心里走出去，也是一段不短的路程。我总是感慨，有的人，明明感觉还在身边，但是，却寻不到影踪。曾经在生命里刻骨铭心的那个人，在分开之后的岁月中，就那么理所当然地被忘记，就好像这个人从来没有出现过一样。

不管怎么说，人的生命是一个持续不断的过程，不会因为某一次的“小爱恋”“小别离”就画上句号,我们每一个人都要走过漫长的一生，我们会在经历了许许多多的人和事之后，变得越来越成熟，让自己生活得越来越好。

看电影《北京遇上西雅图之不二情书》时，被里面两位老人家的爱情深深感动了，在教堂里，老爷爷深情地看着老奶奶的一番表白，也是让我湿了眼眶："老太婆，你这一辈子不爱动，没事就坐在椅子上织毛衣。身体啊，没我那么好。你别怪我说话不好听，八成啊——你会比我先走。那也挺好，你胆子小，又笨。我先走的话，家里那一大堆事你怎么处理？你又爱哭，留你一个人在那儿哭我不放心。老太婆啊，人死之前，有病，有痛，确实招人烦。不过你放心，你再烦，我也不会嫌你。我脾气不好,你要是到了那边,愿意的话,就等一等我。如果你不愿意，你就找一个脾气比我好的，我也答应。那咱俩就说好了，墓碑旁边我会空出一块，到时候把我的名字刻在你旁边，你看行吗？”

告别总是不可避免的，虽然和过去说了再见，但站在过往中的那个人，永远是心底最美好的想念。如果我们曾经遇到了一个愿意相互托付终身的人，那我们在未来，也一定会有了待你更加温柔的另一半。

对待爱情，要相信，但不痴迷。

爱情，总是眷顾懂得它的人。

在无意中看到了对《北京遇上西雅图之不二情书》导演的一个采访，她提到了是几句诗给了她创作上的很多灵感，我细细读过之后，也觉得很美，专门查了查，发现是翟永明写的《在古代》：

在古代 / 人们要写多少首诗 / 才能变成崂山道士 / 穿过墙 / 穿过空气 / 再穿过一杯竹叶青 / 抓住你 / 更多的时候 / 他们头破血流 / 倒地不起 / 现在 / 你正拨一个手机号码 / 它发送上万种味道 / 它灌入了某个人的体香 / 当某个部位颤抖 / 全世界都颤抖。

在古代 / 我们并不这样 / 我们只是并肩策马 / 走过十里地 / 当耳环叮当作响 / 你微微一笑 / 低头间 / 我们又走了几十里地。

现代社会中的爱情来得太快，走得也飞速。常常还没来得及看清，爱情就一溜烟跑向了远处。我还是希望我们都能遇到那样一个人，那样一个如同曾经存在于我们记忆中的人。遇到这个人，会让你觉得花光了余生所有的好运气；遇到这个人，会让你鼓起勇气再次相信好时光；遇到这个人，会让你觉得连绵了好几日的阴雨，马上就会过去，阳光马上就会出来。

为了这个人，我们会让自己更加坚强，身披铠甲，不惧所有的荆棘；为了这个人，我们也会让自己更加柔软。仿佛一朵花，仿佛一片云，和这个人在一起，即使给你一世繁华，你也不会想换。

是不是两个互相喜欢的人在一起，就可以一整天都不用手机啊？

这是某天脑子一热，在家里自己用相机拍摄的。
当时因为很多哥们儿在国外留学，也做不了什么，就用照片传达思念吧，
让他们记得在国内还有人是惦念着他们的，
老家儿有什么事情国内的这帮兄弟都会照应着的，放心，在外面好好的。

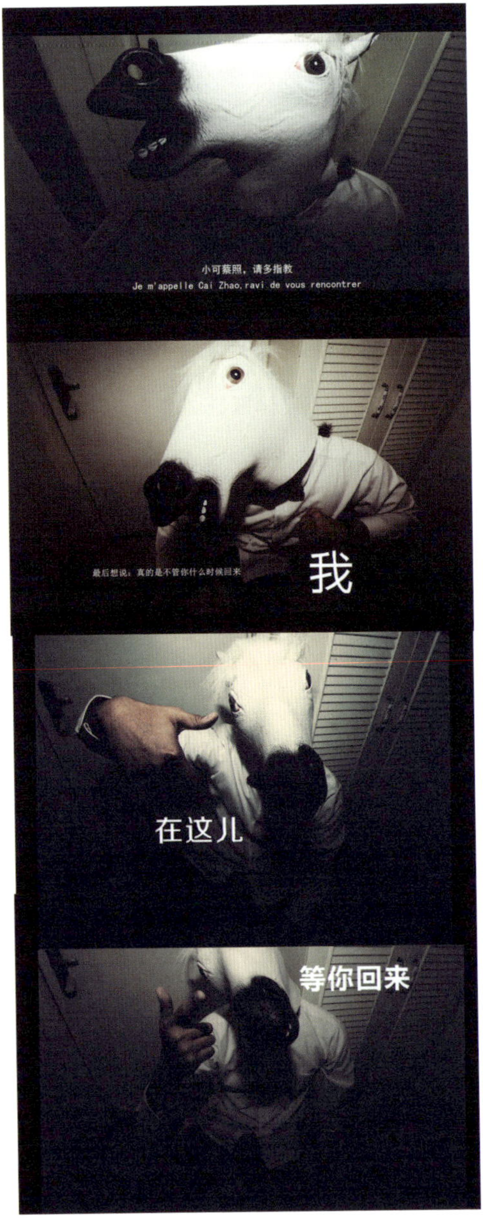

看时间戴块表，走路看地图，关掉导航，买东西用现金，不要扫一扫。不依赖手机，是因为想联系的人就在身边。不用发语音告诉她身边发生的事情，不用视频给她看美丽的景色。只因为，她，就在身边。

2017.2.5

这么巧，我也恰好喜欢你

相信是一件很难的事情，当你心甘情愿去相信某件事，或者某个人的时候，你需要付出极大的信心和努力。

我不是一个有毅力的人，上学的时候，搂着作业回家，心里赌咒发誓，一定要写完作业再看电视，结果，还是看了电视之后，撑着脑袋写作业写到半夜。因为嫌自己胖而努力减肥的时候，看到满桌子好吃的食物，总是一再警告自己不许偷吃，但最终还是忍不住偷拿一些塞进嘴巴里。

所以，让我相信一件事情，或者一个人，我总会先在心里犹豫，毕竟，相信是需要极大信任的，也许，不相信，比相信更容易些。我们总是会本能地去选择做一些对自己简单的事情。事业如此，爱情同样如此。

选择工作的时候，我们总是会倾向于简单的、容易被我们所掌控的工作，不是说我们没有上进心，毕竟没有人愿意品尝挫折和失败的滋味。

遇到爱情时，我们也是会在一切未明之前，本能地选择回避，不是因为心中的爱不够，而是因为怕太过于爱无法得到同样的回应，会让心里落寞。

不知道从什么时候起，我们就变成了这样一个在付出与回报上苛求等量的人。

两个人的未来当然是由两个人一起努力创造出来的，有时候会忍不住在心底问自己一句：好的爱情就这么难以遇到吗？

成人的爱情模式中，招式繁多，种类齐全，有时听身边的朋友讲一些真实发生的爱情故事，我心里都会暗暗惊讶：这竟然是现实中的故事！我们什么时候从心思单纯，变成如今的斤斤计较了，生怕在爱情这场较量中，输掉一厘一毫。

在一艘装载了5000名太空旅客飞往90年后的太空飞船上，因为陨石的撞击，你提前90年醒了，到达目的地还有90年，也就是说你要一个人独自承受在孤独中死去。然后你突然发现沉睡中的我，你在纠结要不要把我叫醒，陪着你度过这旅程中的90年，你会觉得这样做太自私了。后来你还是把我叫醒了，然后你问我恨不恨你让我提前90年醒来，我说我不恨你，因为我不能忍受你一个人寂寞孤独地活着，因为我爱你，所以我愿意陪着你，哪怕再过一个90年。

我们总是害怕被辜负，但实际上，我们一直是自己都在辜负着自己。

我们不肯轻易相信爱情，我们小心翼翼地提防着任何一场从天而降的爱情，就像提防一块会穿过大气层、砸向地面的陨石。

突然想起来，我瓷的一件事情，他和前女友两个人是异国恋，他很专一，在等她回国的那几百天里，每天他都要为她写一段文字，把每天对她的思念都记录下来，等她回来的那一天，拿出来当作一个礼物送给她。这份浪漫感动了我，同时也会为瓷担心，因为保不齐以后两个人会怎么样，当初这一份热情和坚持在以后遇到新的那个人时，即使想去为她做些什么，也是不可能了。因为付出了以后失望了，心气儿就没那么高了，第一次总是美好的。每一个不懂爱的人都会遇到一个懂爱的人然后经历一场撕心裂肺的爱情，然后分开，后来不懂爱的人慢慢懂了，懂爱的人却不敢再爱了。

有经历的人会懂，但是希望每一个懂得的人都会继续相信，而且一定要勇敢、乐观，别怕，现在我们还输得起，身边发生的一点一滴都感动着我，也让我了解了很多别人的故事，从别人的口述中体会了别样的人生，很充实。

不禁想起一句不切实际却鼓舞人心的话：执子之手，与子偕老。

当爱情来临时，像心电图般起伏不定，心里就像重生一般充满希望。

每个人都有不同的人生，究竟是什么，可以让如此不同的两个人结合在一起?

我们绝不会知道以后的人生会是什么样子，这才是生活的魅力。

张爱玲有一篇很著名的短文，叫作《爱》:

在一座村庄有一户小康之家，这家人有个女孩子，生得美，有许多人来做媒，但都没有说成。那年她不过十五六岁吧，一个春天的晚上，她立在后门口，手扶着桃树，穿的是一件月白的衫子。对门住的年轻人同她见过面，可是从来没有打过招呼，他走了过来。离得不远，站定了，轻轻地说了一声："噢，你也在这里吗？"她没有说什么，他也没有再说什么，站了一会儿，各自走开了。

就这样完了。

后来这个女孩被亲眷拐卖到他乡给人做老婆，又几次三番地被转卖，经过无数的惊险风波，老了的时候她还记得从前那一回事，常常说起，在那春天的晚上，在后门口的桃树下，那年轻人。

于千万人之中遇见你所遇见的人，于千万年之中，时间无涯的荒野里，没有早一步，也没有晚一步，刚巧赶上了，那也没有别的话可说，唯有轻轻地问一声："噢，你也在这里吗？"

这样的一个故事，让我喜欢了很久，大概就是因为这个故事中，告诉我如何学会相信，如何坚定地去相信，有一天，一定会出现这样一个人，就是你一直在寻找的，一直以为不可能会在现实生活中存在的人。而这个人，真的偏偏就会在那样一个时刻，在你毫无准备的时刻，走入了你的视线中，与你相视一笑，彼此之间，好像相识已久。

这么巧，在正好的时间，我们正好遇到，我正好看到你的眼睛里，藏着一个羞怯的我。我们虽然不用开口，却彼此知道，好巧，我喜欢你，而你，也恰好喜欢着我。

这样的爱情，大概就是我所能想到最动人心弦的爱情了，因为没有任何的铺垫和前提，只是完全发自内心，这样的人出现在你的生命里，会让你感谢生活之前所给予你的所有刁难和困境。

这样的一个人，会让你泥沙俱下的生活顷刻间变得樱花轻舞、雨过天晴，爱情会因为这样的一个人而重新在你心里扎根、发芽，开出花朵。

在这个人没有来之前，不用急，人生本来就是一个曲折的故事，里面充满了等待，也充满了惊喜。很多时候，我们就像是在公交车站等车的乘客，虽然有很多可以中转的公交车经过，但是我们就是想要等待直达的那一辆。眼看着周围的人，一个接一个地上了车，而我们等待的车还没来，心里到底是会有些着急，但是，没有等到自己想等的那班车而选择中转的公交车，真的是有些不甘心。

有时候的等待，是因为不敢。

有时候的等待，是因为不甘。

如果有了爱情，就不要不敢，勇敢一些，哪怕受挫，也不会后悔自己勇敢了一次。但如果还没有遇到属于自己的爱情，那最好等等，要相信自己的爱情一定会穿过人海，千里迢迢来到你身边。

不要害怕相见恨晚，不要担心好运会耗光，曾经以为不会来的那个人，也许正在来的路上，看到你，然后对你说一句："这么巧，你也在这里。"

我觉得对一个人好，就是要陪伴她，做很多很多以前根本不会做的无聊的事情。2017.2.9

等一个人，听一首歌的时间，就老了

早安，北京城。

早安，我自己。

昨晚失眠，看了一夜电影。电影中的爱情桥段大多雷同，每次看到的基本都是一个男主角身边总是有那么多美丽，而且个性很特别的女人，而且这些女人全都对他多少有些好感。

这样的情节设置，我相信所有男人都会很嫉妒的，情节大都是无论多少年没见面终归会见面，无论经历了喜剧或是悲剧，总有那么几个红颜知己或是精神伴侣在周围环绕。

为什么如此老套而时常出现的情节还会被大家所接受呢，因为听到这些故事的时候，就会有共鸣，会有代入感，会想到发生在自己身上的事情。为什么自己身边没有那么多这样的女人呢，即使有，也都与我无缘吧。

单身时好坏参半，一个人自由轻松，两个人温暖幸福。

热情似火的爱情，就像一场美丽的逢场作戏。

如果像电影里那样，有一个人爱我很深，我爱她更深，分开以后真的不能再在一起了，即便天天都想见到她，她见到我也会很难受，那我宁愿从她的脑中把关于我的记忆删除，让她从此忘记我。

心痛，像万箭穿心一样，那时候强装微笑都是那么难。

痛，很痛，如同看到最美好的电影无情散场一般，并且连重播的机会都没有了。

爱一个人好难。想把自己关在屋里，连每个呼吸都是苦涩的。把那个人永远忘记是多么艰难的决定，想一直向前走，不回头，眼泪不受控制地一直流，双眼模糊了……

这一刻应该笑，是放下了还是……

我们的生活中，都曾经有一个他/她，他们并不能陪你走到最后，但是他们教会了你很多东西，让你知道了什么是爱情，这就足够了。别忘了他们，但是也不要背着这些包袱过一生，不然真的会很辛苦。

睡吧，睡醒了，新的一天来临阳光照在你的身上感觉到温暖就会好一些了，难道阳光真的那么强大吗，足够治愈得了你内心的伤痕吗？

不，是你的心足够强大，它看不过去你这样，看不过去你终日活在痛苦之中。既然你比太阳都强大，那就请好好生活吧，让自己活得精彩些。

去思念一个绝不可能在一起的人，明知不可能，但又能怎么办呢？

很喜欢这张照片，
她是我很聊得来的一个朋友，
也是我所有拍摄的人物里面配合得最默契的几个之一，
每次我需要什么感觉的时候，她都能很快给到我，
我也能拍出她想要的感觉，
而且那种有故事的眼神真的很特别。
她的表情也很自然很放松，
可能是天生就适合被拍摄的人吧。

那就无限贪婪地去想她吧，她会感觉到的。

我的一个哥们儿把他对一个女孩儿三四年的感情写了下来，他们之间的感情是他三四年间只可能见过她四五面，但是心里却反反复复见过她无数遍的那种。我那个哥们儿为那个女孩儿付出了很多，为这段爱情也经受了很多折磨，他曾自己一个人去东北住青旅。越来越爱喝酒，那年突然给我拿了一瓶 1664，买了越来越多的风衣，还有那年在我车上放了无数回的《稳稳的幸福》，这些都是因为他爱那个女孩儿。那个女孩儿有同样的爱好。

但是，他所做的这一切，都没有让那个女孩儿知道。我曾经骂他傻，我问他："你为什么不告诉她呢，你为什么不把写下来的东西都告诉她呢，连我这个做兄弟的都忍不了啊。"

但是我那个哥们儿独自等待，在爱情里默默蹉跎。爱情，有的时候我真的不懂，我想我那个哥们儿也未必懂。

"恋爱的纪念物，从来就不是那些你送给我的手表和项链，甚至也不是那些甜蜜的短信和合照。恋爱最珍贵的纪念物，是你留在我身上的，如同河川留给地形的，那些你对我，造成的改变。"记不清在哪里读到的，但是我觉得这段话特别适用于所有在爱情中迷茫的人。

请你现在仔细想想，有没有因为一个人，你爱上了一个地方，一座城市，一种香水的味道，一道菜，一种穿着风格，一个餐馆每次必点的小吃，一个后来上瘾的游戏，一种新的生活方式，一种讲道理的口吻，一个习惯的动作，一个问好的方式，一种处理事情的感觉，还有一种看人的直觉，一种生活的态度。

现代人不缺爱情，或者说不缺貌似爱情的东西，但是寂寞的感觉依然挥之不去。我们可以找个人来谈情说爱，但是，却始终无法缓解一股股涌上心头的落寞荒芜。

等待不是什么可怕的事情，等待只是太寂寞了。有多少人能承受得住日复一日、毫无指望的寂寞呢？在我们的人生中，我们一定也曾给谁承诺过，然而在时间的长河中，我们又亲身违背了诺言，因为在岁月的面前，我们有时真的是太无能为力了。

爱一个人，就是想把她揉进身体里的感觉吧。

我是射手座，都说射手座爱自由洒脱，这是对于生活的态度。但是，如果得到了属于自己的爱情，那就不会洒脱，而是珍惜认真，至死不渝。

喜欢一个人，就要放开她，不能让她觉得太有压力，所以即便特别特别想见到她，我也会忍住，因为我真的很在乎她。曾经有个人说，每一次的离别都是为了下一次的相聚，结果一转身便是一辈子不见了。我怕见到能留在我心里的人，然后一转身就是一辈子。

难道是因为分外孤独，才显得月光如此明亮？一想到在同一轮明月下，抬头就能看见同一个月亮，想见的人也就不会遥远了吧。

我看了《查令十字街 84 号》这个故事以后，深深感到遗憾。如果是我，可能早就去见那个人啦，也许就是因为一辈子没见到，才会有这段佳话的，但爱情是为了成全我们自己，而不是供后人瞻仰的呀。

所以说那些被世人铭记的刻骨铭心的爱情，都是留有遗憾的。而我想要的爱情，是笃定的今生，而不是恍惚的来世。

以前恋爱的时候，一定列出要和对方做的100件事，其中有一件就是，和她一起逛宜家。因为一起看家具，一起畅想未来我们自己的小屋子，是一件特别温馨的事情。但慢慢却害怕起来了，因为总是分分合合，开始惧怕未来，对爱情恐慌了，对宜家忌惮了。

很早之前，读过扎西拉姆·多多的一首诗，一直都很喜欢，觉得那是爱情最美的定义。

你见，或者不见我
我就在那里
不悲，不喜
你念，或者不念我
情就在那里
不来，不去
你爱，或者不爱我
爱就在那里
不增，不减
你跟，或者不跟我
我的手就在你手里
不舍，不弃
来我的怀里
或者
让我住进你的心里

默然，相爱

寂静，欢喜

孤单的人莫慌张，成双的人且珍惜。

等待是最初的苍老，我也是经历过等待之后才逐渐明白，有些人，有些事，无论你怎么挽留，总会在下一个路口与你分别。

我知道，有人陪伴与等待是非常幸福的事情，毕竟都市太忙，人心太小，小到可能装不下一个人、一份感情。或许人的感情真的是很有限的吧，我们将一份感情投入在一个人身上，当这个人离开，下一个人出现时，我们似乎就无法像上一份感情那样投入那么多，那么认真了。

常有人坦言自己不相信爱情，从他们的眼睛中，我可以看到防备和冷漠，大概都是早年受了爱情的伤，所以练就了一身铜皮铁骨，想要百毒不侵吧。

在这座寂寞的城市里，我始终坚定地相信，有一个人，会在你走出的地铁口，在你经过的天桥下，或者在路口的红灯前，和你以同样的姿态，邂逅、相遇。

你们就像是诗中所写的那样，默然、寂静、安然地住进了对方的心里。

你会不会忽然地出现

在街角的咖啡店

我会带着笑脸挥手寒暄

和你坐着聊聊天

我多么想和你见一面

看看你最近改变

不再去说从前 只是寒暄

对你说一句 只是说一句

好久不见

射手座的人爱上一个人，就会变得很文艺。2017.2.5

拍摄这张照片的时候甚是心酸。
其实我很尊敬像他这样可以靠自己的能力去做一些事情的人，
不像那些有手有脚却用欺诈的手段赢得一些不光彩的金钱的人。
看着那些大步流星远去的人，
我会停下来给这位老手艺人一些他应得的尊重。
我离开后，
又听到了他拿起手中的乐器奏出的优美旋律。

陆

夜里不睡的人，

白天总有什么需要掩饰的吧

“不好意思，打扰你了！”

最尴尬的时刻，大概是你很想念一个人的时候，而那个被你深深思念的人，并没有想念你。

最令人无言的时候，大概是你拨通一个在心里背得滚瓜烂熟的号码，而对方接通电话后，第一句话是：“喂，哪位？”

夜里睡不着的时候，翻开手机的通信录，一个名字一个名字地看过去，指尖会在某个名字下停留，想要按下去，但是最终踌躇了一番，还是关掉手机，自己一个人看看电视、上上网算了。人生常常遇到的一种孤独大概就是，当我们各自变得越来越好的时候，我们之间的话却是越来越少。

原来经常聊天，经常在一起玩儿的人，许久不见之后，打电话的第一句话居然是我很讨厌的开场白，略显生疏，很像两个陌生人在相互试探着客套。这种感觉我很不喜欢。

“近来可好？”

“最近生活得还好吗？”

“最近在干什么？”

又不是十年八年没见了，有必要这样说吗？心里十分恼火，想要把话挑明，说大家干吗要这么客气，但嘴上却是没能说出，隔着长长的电话线，同样的客气，生疏，一一回应着那端的客气，生疏。

现在的联系越来越便捷，但大家之间的沟通反倒不如从前那样多。在朋友圈里随手点赞，却会很长时间也不打一个电话，我们总是会忍不住感慨，越长大，身边的朋友越少，虽然手机通信录里的名单越来越长，但可以让你在没事儿的时候，拨通一个号码过去，寒暄几句的人却越来越少。

有时，许久不联系的朋友会突然打来一个电话，几句问候之后，那边便转到了正题上：“× 月 × 日我结婚，你记得一定要来参加啊。”

话筒里满是生疏的客气，停顿时，自己都能听到彼此间响起的尴尬声。大概我们都把当初的彼此留在了那段岁月中，我们曾经的亲密无间，我们昔日的无话不谈，都存放在了过去的保险柜中，而打开柜子的钥匙，早已被我们弄丢了。

长大以后渐渐发现，有些以前的朋友，很长时间没有联系，突然联系，都是“无事不登三宝殿”的。认识时间长的，可能寒暄几句不会多想，可是平日里并无什么交集的，就会显得很突兀、很势利，有事情才想到你，可能是因为你拥有了别人没有的一些资源吧。其实每个人都会这样，现在的社会就是这样，以自己拥有的资源去换取别人拥有的。

可怕的是，我自己有时候也会这样，虽然很不情愿，但总是会以各种的理由说服自己，所以更显寒心。

现在，越来越不愿太主动地和过去的朋友、同学联系了，一方面是有些担心，他们在看到我的名字出现在他们手机上时，第一反应就是我要通知他们，我要结婚了。或者他们会觉得我是想要找他们帮忙，找他们处理一些事情。另一方面，我更担心，在聊过几句之后，他们会云淡风轻地问出一句："有事吗？"

有事吗？简简单单的三个字，就撕裂了我们之间的友谊。寒暄几句挂掉电话之后，我心里会开始安慰自己，这就是成长，大家都是成年人了，各自有各自的工作和生活，每天会为了各种事情烦恼、操心，不会再像肆意玩闹的青春时光那样无忧无虑了。

没错，这就是我们为自己的成长所付出的代价。我们最终变成了客客气气的大人。我们会首先为别人考虑，会在话还没说出口之前，先在心里想一想合适不合适；会在别人的话语停顿处，听懂别人没有说出口的话；我们会在每一次的通话之后，习惯性地来一句："不好意思，打扰你了。"

你看，我们完全成为一个识时务、有礼貌、有眼力见的大人，我们能够分得清楚什么时候应该说什么样子的话，在什么场合做什么样子的事情。但是，我们再也回不去尽情哭和笑的岁月了。**我们想哭就哭，想笑就笑的能力，似乎在我们成长的过程中，被我们弄丢了，但我们会为自己找一个借口，称这就是成长，**并对之前那个简单的自己嗤之以鼻。

所以说，人懂得了那么多道理，也终究过不好这一生的。你知道为什么人会顺从生活和现实吗？是因为对生活感到累了，不想再折腾了。

不知是岁月不饶人，还是人侵蚀了岁月，大家渐渐地都学会了逢场作戏，敷衍了事，那些真心待人的人遭受冷眼相待，也过渡成曾经那样冷眼对人的人。这是个不良的循环，也是个必然的走势。

有时候，一句话的偏差，或者一秒钟的迟疑，都会让本该发生的一切随风而去，没准一条微信、一个电话、一次陪伴，就是幸福了。

只是，更多的时候，想要发出的那一条微信，想要拨打的那一个电话，想要陪伴的那一个瞬间，我们只有自己。所以很多时候，我们会想三分靠运气，两分靠自身，五分看感觉吧。人与人之间的感情，更多的时候还是随缘吧。

我们一定要热爱生活，热爱我们自己，即便我们在平淡无奇的深夜，即便我们孤单一人，也要变成更好的、独一无二的自己，这便是青春所赋予我们的使命。在生活中所经历的幸福、痛苦，乃至其他的一切，能带给你的，除了让你成为更好、更从容的自己之外，别无其他。

我害怕谁都无法真正走进我心里，我无法真正快乐，以后就这么一个人孤独地上路。以后都是未知的，这就是生活的乐趣。所以努力做好自己，过好每一天，尽自己的最大努力！

人有两只眼睛、两只手、两只脚，为什么只有一颗心？

因为另一颗心，在别人那里。人这一辈子，就是要寻找那另一颗心，你找到了吗?

两个人刚开始在一起的时候，谁不想永远都和对方在一起啊。因为两人刚在一起的兴奋与荷尔蒙的作用，给了彼此一些承诺，后来渐渐地都互相了解了也没那么黏了以后，这些承诺也就淡忘了。

某一天有一方提出分手，另一方要么装作无所谓地同意，要么就会搬出当时的承诺，用质问的口气说：要么你当初就别说，要么你就应该说得出做得到。可是有时候没有那么绝对的，给予你的承诺因为某些主观加上客观原因就是无法做到，这些都是可以理解的，所以请不要怨恨你曾经深爱的人，也不要从此就不再相信爱了。有时候所谓的甜言蜜语适当地信一些就可以了，深究反而会起到负面作用。比如，他（她）为什么会这么说?是真是假呢?我该不该相信呢?他（她）能这么说，就一定正在朝着你们好的方向努力呢，所以放心。

这些承诺和你们好好在一起比起来又算得了什么呢?有句话我觉得说得挺有道理的：为什么现在的男男女女有点儿不顺就分手呢，因为原来的东西坏了以后都是想办法修，而现在都是想方设法换新的。所以珍惜你现在的他（她）吧，他（她）是很爱很在乎你的，有点儿困难不算什么。

深夜 I wake up the durian 我的榴莲梦醒了。 2016.10.20

这辈子咱们都要好好的

今天对我来说是个好日子，因为今天瓷从山东来看我了。这对我来说是个大大的惊喜，虽然时间太短。这些年我们总是聚少离多，但正是因为这样，每一次的相聚，都显得弥足珍贵吧。

天气微凉，心里却是热得发烫。现在的北京是最舒服的季节，秋高气爽,万里无云。大概也是因为心情好,所以觉得呼吸都顺畅了很多。

好兄弟是礼物，每一次和他们相聚都是一场意外的惊喜。所以，只要我能够做到的，我就一定会为身边的人做任何事情，因为我不想留下遗憾。我不知道这样做对不对，我经常是心血来潮了就决定一件事情。我知道这样太感性，太随心所欲。

有一次，瓷说他最近心情很低落，他之前可以开上八个小时的车来北京看我的演出，我为什么不能在他心情低落的时候，谁也不告诉，买机票就飞过去，突然出现在他面前陪他两天呢，他一定会因为我的突然出现而激动的。所以我就这样做了，所以我那时立刻就出现在了离北京几百公里的地方。我根本不知道他在不在，但是哥们儿有难我就是要来。

我觉得不仅是情侣之间需要惊喜，亲人、哥们儿、瓷们之间也是需要的。在我看来，我一直拥有着一群好兄弟，他们支持着我并且陪伴着我，我珍惜并且引以为傲。

我假装叫别人给他打电话说有快递下来取，然后我上去与他撞到一起的时候，他看见我都不知道说啥了，我不知道他当时是惊喜，还是吓尿了，哈哈哈！

和兄弟在一起的感觉，真的太有安全感了。忘记忧伤，忘记那些生活、工作里的破事儿，咱们的相识就是因为咱们的义气，还有对生活的美好向往，还有积极的态度，还有那种怎样都割舍不掉的信念。

后来回北京的时候，他们去机场送我，在机场拥抱他们的时候，他们没有注意，我当时戴着眼镜，但其实眼睛都湿润了，第一次有哥们儿一起送我回家，真的特别暖。

他们都不知道，每次和老爸说要出远门，爸妈都会问我，是不是去南通或者日照，是不是找 ××× 或者 ×× 的时候，我都很感动，因为爸妈第一个想到的就是他们，因为我兄弟的名字爸妈知道的没几个，所以知道的都是最亲的。

我平时真的不爱表达对兄弟的感觉，但是每当我们几个朋友，其中哪一个心情不咋地的时候，就会互相打气加油。那一次瞒着他们，突然去找他们，因为我确信，惊喜和聚首，可以给他们带来鼓舞的感觉。

那一次，从日照回到北京家中，已经是凌晨了，但脑子还是很清醒，一点儿睡意也没有，像过电影一样，想到以前很多的事情。

都是相处很长时间的哥们儿了，我经常会给他们买礼物，最先想到的总是他们。有的哥们儿还在读研，有的还在找工作，所以吃饭的时候，真的不想让他们花钱。我觉得这样是应该的，因为我们是兄弟。我对兄弟就是这么实诚。

往事的美好，都存在于回忆中，虽然，现实生活中，不能每天都见面，但不论多久不见，再见也还是那么熟悉，想到这里，就觉得世界无限美好。

接下来我介绍一下我最最瓷的兄弟们，按人生出场顺序排列。

崔：嘴永远叨叨停不下来的天秤座。从小学一直到现在，认识了17年。进他家门跟进自家门一样，根本不见外，别的不说了，家人都知道他是我最瓷的发小儿。我俩一起打过的游戏占我童年时期游戏数量的70%。（为什么你家的饭这么好吃呢？我好像永远吃不够）

甄：和我最合得来的白羊座，小学的发小儿，中间有几年失联了，但见面依旧根本不见外。鲜有的白羊座好脾气（除了嘴有点儿碎之外），每次见面聊天都会大笑不止。

田：永远不会嫌弃自己，天天嫌弃别人的处女座。以前没什么交集，但近几年，关系突飞猛进，因为甚多相同喜好，文身、台球、实况……很聊得来。经常晚上一起开车兜风，现在在非洲大陆阿尔及利亚工作，希望你快点儿回来，还能看见白净的你。

难道不是吗？

在你喜欢的人那里，去热爱生活。
在不喜欢你的人那里，去看清世界。
By《最好的态度》

象：上中学时第一个和我说话的摩羯座，真乃一等一的闷骚。我和摩羯座朋友很聊得来，可能是因为摩羯座比较善于倾听，我最烦我说话的时候别人不理解、不顾我感受而且还喋喋不休批评别人的人。所以摩羯座恰好可以发挥一下倾听的能力。咱俩有时候老是夜里约出来吃消夜或者聊天，真是会互相倾诉的那种“妇女之友”。很开心你会把心事告诉我，因为摩羯座其实不太擅长表达自己，这些我都知道。我把大象文在了身上，哈哈！是不是对你特别好？

晓：成熟最早的金牛座。晓晓其实是我们哥儿几个之间最受赞许的人物，因为从小学习成绩就很好，而且工作最认真、最投入，真的属于都市白领一族的典范啊。最喜欢小时候咱俩篮球的挡拆配合，接到你的助攻，我的投篮命中率最高。（这么夸哥们儿太假了，我其实就是随便说说，重要的是我们最喜欢吃卤煮）

榕：我们射手一族。这孩子特别合我胃口，老被我欺负，所以我很开心很满意啊。慢慢长大了，其实我俩从性格到脾气秉性是最像的。骨子里都透出很乐观、很热爱生活，并且有一种天生谁都不服的气质。咱们几个一起度过了人生中最重要的成长阶段，彼此真的是最了解的了，咱们真是同桌的你，和你做了最久的同桌。咱俩也闹得最厉害，老师每节课都要提醒我们不要乱讲话，所以老师记忆中最深刻的也就是咱俩吧。以前去你家打 2K，现在来我家打 2K，为什么你总是赢不了我呢。（骄傲脸）

凯：我的凯凯，最可爱的白羊座。你真的是很纯、很真、很虏[1]

[1] 虏，表示性格直爽。

的一个人。中学时期，我俩简直是篮球狂人，整天泡在球场里，从下课到上课，都能看见我们矫健的身影。还记得你陪我跑步，那种感觉真的很热血,互相激励着向前跑（说得我有些热血沸腾了）。那天聊天，因为我们住得很近，所以小时候没准在认识之前还见过面呢。后来一起互相督促健身。我最宠着我的凯凯，明年我会去西班牙找你的，你也尽快回到祖国的怀抱吧。

乾：射手和天秤本来就很聊得来，我和他更是“情投意合”。不管从生活的品位到音乐的调调，还是对衣着的搭配，都是很默契的。喜欢拍怪得离谱的照片，喜欢听爵士慢摇蓝调。喜欢复古经典的古着。喜欢衬衫加皮鞋，也欣赏彼此胳膊上面的传统派文身。我俩度过最贫困的时期，谁兜里有点儿钱了就请对方吃饭，不然真的饿死了，那种一穷二白的生活其实也别有一番滋味。一起路边摊撸串儿，也开车走在海岸线看潮起日落，其实还是喜欢你那头像披头士一样的长发。最喜欢咱俩这种“葛”[1]的个性，真的属于半年不联系，见面的时候只会更闹腾，所以你快点儿回来吧，别祸害人家枫叶国了。

冲：最重义气的水瓶座。总是在我心情最不好的时候，瞬间出现然后发一堆很长的文字来安慰我，并且不是敷衍，而是很暖心很懂我的语言，大有相见恨晚之感。你和我都是那种别人对我们一点儿好，我们就会对对方好十倍的人，一点儿都不会吝啬。你是我见过对我最主动的哥们儿，丝毫不会顾及别人的忽视，极为热情，我觉得这是极为少见的。突然很心疼你，你要对自己好一些，别老是迁就着别人，

[1] 葛，即脾气各色，古怪。

不过不管怎样，我都支持着你。最懂我的你，最懂你的我。快来北京找我吧。

程：最文艺且浪漫的水瓶先生。在这里我要隆重介绍一下，程程就是我的御用摄影师，我的单曲《孤》的封面就是出自他的手笔。咱们在一起的时候总是能创作出很棒的作品，想念和你脑洞大开头脑风暴的日子，徜徉在不被限制的想象空间里真的是太爽了。咱俩聊天的形式可能是最文艺的了，夜里再找不出比咱俩聊天还咬文嚼字的了吧。总可以在夜里激发我的灵感，可以带起我的伤感、孤独与落寞，但之后便又相互安慰，心灵慰藉。最喜欢旅行的我们，什么时候一起远行去寻找自己，去创作到底啊？

一直都很喜欢音乐，喜欢听一首好歌，在不断的单曲循环中，听到自己心里的感动。玉置浩二的一首《Friend》，每每听到，就会让我想到这些与我生命轻轻共振的朋友，因为他们，我始终能勇敢地与未来相见。

仅仅是一声再见

其他什么话也不说

在你的影子中

我止不住地落泪

我不想去控制泪水

手指、头发、你的声音

两人曾经一起有过的生活
伴随着你的气味一起消失了
曾经的朋友啊
在我心里的朋友啊
凝视着的朋友啊
让人悲伤不已
虽然清晰地记忆
已经不可能了
但是梦中常常被惊醒
那还是因为不能忘记梦到的那个人
曾经的朋友啊
美丽的朋友啊
平静的朋友啊
温柔的朋友啊
心中的朋友啊
永远的朋友啊……

其实哥们儿之间，真的看得最清楚，这种兄弟情都是相互的，自然而然就发生了的，因为觉得这个人人品很好，特别聊得来，所以愿意和他成为兄弟，这些都不言而喻。相处起来很简单、很舒服，可以从他身上发现和自己的共同点。

出门在外，如果老家儿有事儿了，我都跟你们说过，直接打电话跟我言语，别拘着见外了。

哥们儿之间的优点是不需要夸奖的，因为是哥们儿嘛，谁都觉得谁好，谁也不会觉得谁有多差，其实心里也是不服谁的，所以也不会说出口，正因为这样才叫哥们儿。我认兄弟其实很挑的，认定了就不会变，开心了就一起大笑，有难了我会和你们一起扛。只要咱们哥儿几个在一起，谁都不会糟践了咱们的生活。

记住，你们改变了我很多，在你们身上我也学到了很多，我不是一个会轻易言谢的人，但是有你们真好。正因为有了你们的陪伴，让我感觉这世上的**人情味儿**，真浓。和你们一起撒癔症这辈子都值了。所以，这辈子咱们都要好好的。

喜欢爵士乐的悠扬与放松，那种很悠闲但又不失优雅的感觉特别好。2016.11.16

不要永远只过你知道的生活

惊喜的意义在于把自己的心意扎上漂亮的蝴蝶结，双手捧出，小心翼翼，却又暗藏欢喜地送给珍视的人。**我喜欢给人惊喜的感觉，因为我自己也喜欢“被惊喜”，惊喜的感觉就像寒日里的暖阳，酷暑里的清泉**。

我是个习惯把所有事情都想到最好和最坏结局的人，当这两点都想到之后，其他发生的一切，对我来说都是惊喜。

粉丝常常会给我惊喜。我记得去年冬天的时候，粉丝来接机，送了我很多礼物。当时的北京，天真的很冷，又是雾霾天，要连续四五天，以前不觉得怎么样，但现在随着空气污染越来越严重，出门都要戴口罩，毕竟健康第一嘛。这样的天气，应该待在家里的，粉丝还从那么远跑来专程送我礼物，让我很是感动。

其中一个粉丝朋友送了一支上面印有我名字的钢笔，老妈看到了

这是冬天的后海，

小时候在这里滑冰车，还有人在这里钓鱼。

现在鱼也少了，愈发冷清了些。人多了，

水则依然那么冰冷。

近些年建造了一个野鸭岛供野鸭们安歇。

有意思的是，

它们休息的时候都是把头蜷进翅膀里『金鸡独立』，

如此高难度的姿势简直难以驾驭。

很喜欢，但这个不能送出去，这是喜欢我的人为我挑选的礼物，是一份很重的心意，我应该好好留着，所以我决定去给老妈买其他礼物，到时候给她一个小惊喜。老妈每次收到我送的礼物，虽然嘴上说着“又乱花钱”，但是，我能从她的表情中看出来，她心里很高兴。

看到自己在乎的人开心，这就是惊喜最大的意义所在。有一次，一个自拍了 150000 张照片的菲佣给了我启示，我为粉丝准备了一份特别的礼物，我把世界各地的纸币写上相应国家的“我爱你”装进信封里面送给他们，信封上面写着对粉丝想说的话，还有北京的地名和北京话。

好久没有这么用心过了，好像是小说里追女孩儿用的技巧，其实我这样做比起粉丝对我做的那些和送给我的礼物，真的算不了什么。

不知道这算不算惊喜，但是我喜欢有惊喜的感觉，希望他们看到以后会有惊喜，会开心。在我准备的过程中，心形的信封是老妈帮着我叠起来的。当时，老妈和我说，你做事情很细心，会很累，但是这样特别好，做你的粉丝很幸福。

老妈的话让我心里很温暖，我觉得做被大家喜欢的人，我也很幸福。我们团队和粉丝都是一家人，虽然都是没有血缘关系的一家人，但是有时候会更亲的。

生活中总是不乏惊喜，生命常常会慷慨地送给我们意想不到的礼物，但是，很多时候，因为我们不敢伸手去接，所以，礼物便没有了与自己的缘分。

我觉得我是幸运的，也是幸福的，我收到了生命赠送给我的幸运礼物，让我拥有了更加丰富的人生。

如果你知道别人是认真的，你可以付出真心的时候你就成功了。

太感性，容易莫名伤感，或者莫名其妙地受到感动，这未见得不是件好事，扭头一想，总比那些什么都不想的人强，而且也可以证明自己不是冷血动物。

不要害怕相信与依赖，但一定要自强，这样即便不能依赖也可以继续自己生活。

读书的时候，校园的林荫道上总有男生骑着自行车，载着女朋友经过，日光从树叶罅隙间漏下，“岁月静好”四个字真的就写在他们的脸上。我心里很是羡慕，觉得这样纯纯的爱情，大概是一辈子最珍贵的回忆。

还记得小时候会把毛毛虫放在女生的铅笔盒里，还有位斗儿里，还有衣领上。那些童年的美好时光，想起来的时候，都会不由自主地笑。童年时候的回忆虽然有许多恶作剧，但同时也充满了童真，不论在什么时候想起，都会觉得暖心。

那个时候的我，从来也不会想到自己会过上现在这种状态的生活，生活总是出人意料地发展。

我也想不出十年后的自己会拥有什么样的生活，是不是还在拍照，是不是已经不再拍戏，而是去做别的更感兴趣的事情了？

想不到，完全想不到。

我觉得正是因为如此，生活才更加吸引我们。

在这个擅长遗忘的繁华时代，什么才能被世人记住呢？

2016.10.28

今夜我不关心人类，我只想你

这里是北京，永远是一副拼命劳模的样子，“轰隆隆”地运转着，从早到晚，车水马龙，像一台永动机孜孜不倦地转动，承载着每一个涌入这里的梦想，接纳着每一个来到这里的人。有时在路口等红绿灯时，看着斑马线上川流不息的行人从我眼前掠过，觉得大家都很忙，特别忙。我也很忙，可是忙完之后，还是会觉得心里很空。

心里越空，身体就越要忙碌，**我们不知道自己要什么，所以我们什么都想要**。

车里的歌正好放到了卢冠廷的《一生所爱》，歌词我都可以倒背如流，但每一次听到还是会每一个细胞都深受感动。

从前 现在 过去了再不来

红红落叶长埋尘土内

开始终结总是没变改 天边的你漂泊在白云外

……

情人别后永远再不来

无言独坐放眼尘世外

鲜花虽会凋谢 但会再开

一生所爱隐约 在白云外

苦海翻起爱恨

在世间难逃避命运

相亲竟不可接近 或我应该相信是缘分

……

自从小时候看了《大话西游》便爱上了这首歌，这部电影里的情节，除了搞笑，还多了些真情感伤。音乐一起，就想起了那个最为经典的镜头，周星驰放下一切，选择戴上了金箍，还有因为深爱着一个人，所以选择离开，最后紫霞在城楼上，在别人的怀里看着至尊宝远去的背影，脸上的表情疑惑又放松，至尊宝也因为放下了，所以释然了，而感到一身轻松。

“那个人样子好怪。”

“我也看到了，他好像一条狗。”

猜到了开始，却没猜中结局。经典依然还是经典。我觉得这是一部无论过多少年，还是会让我心有感悟，真心疼痛的电影。

每次看到这里，都会很心疼至尊宝，但是没办法，由于种种原因，至尊宝必须选择这样的结果。电影如人生，在现实生活中，我们有的时候，也必须做出一些很不情愿的选择，生活永远不可能事事如意。在我们生命中注定有些人是想爱而不能爱的，而放手让心爱的人去寻找真正属于她的幸福，这才是伟大的。

月光宝盒的出现，可能就是为了让悟空去见紫霞最后一面，当最后一幕，悟空附身于夕阳武士身上去吻紫霞成全他俩，而后紫霞与夕阳武士用怪异眼光看着悟空背影的时候，我终于明白其实悟空是在用自己的一生去爱紫霞的，这种爱是用心去爱的，默默付出，无论受了多大委屈都不会向任何人说半句的。

“曾经有一份真挚的爱情摆在我面前，但我没有珍惜，等到失去了我才后悔莫及，尘世间最痛苦的事莫过于此。如果上天可以给我再来一次的机会，我会对那个女孩说三个字：我爱你！如果非要在这份爱前加一个期限的话，我希望是一万年！”

“我的意中人是个盖世英雄，有一天他会踩着七色云彩来娶我，我只猜中了前头，可是我却猜不中这结局……”

一生所爱隐约

在白云外

苦海翻起爱浪

在世间难逃避命运

相亲竟不可接近

或我应该相信是缘分

曾经看《大话西游》只是觉得里面的演员表演好玩可乐，台词逗。等长大懂了感情之后，特别是对电影里的情节有所共鸣的时候，才猛然发觉，这可能是一出对爱情的自嘲式黑色喜剧。

一起变老，一起牵手数着对方的白发。这是每一对相爱的人都认真地在心底给爱情许过的誓言。我们都非常愿意将“我”变成“我们”，我们都特别想要牵起手和时间对抗，最后站在生命的墓碑前，回头告诉过去，“看，我们并没有被分开”。

可事实往往残酷，不随我们的愿望而发展，**时间是把双刃剑，会将甜蜜变得更加甜蜜，会令悲伤变得更加悲伤**。

深夜睡不着的时候，我会在网上潜水，看各种各样的人，看上面的各种各样的故事，在他们的故事中，有时也会找到自己的影子，心里觉得找到了共鸣。

更多的时候，我会听歌，孤单的时候听着孤单的歌曲，心里反倒会渐渐温暖起来，失意的时候听着难过的歌曲，心里也会渐渐生出勇气。后来我渐渐地明白，每一首歌曲都有它的意义，在我们不经意戴上耳机的那一刻，那些歌曲，会帮我们确定，原来我们所经历过的一切，都是我们努力的影子。

有的歌曲，会单曲循环好多年，一直留在手机中、电脑里，每一次更换手机，或者电脑，都舍不得删。

就如同有的人，会始终站在记忆的旋涡中，不论记忆的风暴如何嚣张，这个人都安然不动，面带微笑。

它很特别，

全身白色，只有尾巴是黑色的。

它高傲地往前走，我屈膝下去用相机为它记录一切。

瓷与相恋多年的女友分手，麻木大过悲伤，我们一起发呆，我打破沉默，问他："如果时光可以倒流，你还会选择和她分手吗？"（为什么我的瓷们老是分手，就不能握手吗）

他摇头，说："不会。我会回到更久的过去，那时候，她还在我身边，我也还在她身边。"

人生的急流把我们送走，由不得我们做主。今天很热，但我知道，这个夏天已经就要过去，阳光会逐渐不那么刺眼，温度也会渐渐降下来，树叶的阴影一片一片盖在脚面。我穿着运动服，站在街的拐角处，不知该往何处跑。

我们都曾那么爱过一个人，就像爱着朝阳和晚霞，当成一辈子最最最重要的宝物那样去爱。我们从陌生到熟悉，又从熟悉到陌生，经历了那么多、那么长，我们一起奋斗，一起为了明天而拼搏，彼此分享各自生活中的小趣味。我们坚定地认为这样的时光还会很久很久，只是没想到一眨眼的工夫，就各奔东西，再也没办法一起前行了。

因为很多事情，因为很多人，到了最后，我们中到底还是有一个人先起身离开，原因已经没那么重要了，只是我们之后再也不会如过去那般亲切，我们变成了最熟悉的陌生人。但是，那又有什么关系呢，我们在最好的时光相遇，在最好的岁月相爱，如今在回忆中，在夜里无法入眠的时刻，那段日子也会是最美好的存在。

在《平如美棠》中，平如老爷爷说道："在遇到她以前我不怕死，不惧远行，也不曾忧虑悠长岁月，现在却从未如此真切地思虑起将来。"

这本书讲述了一个坎坷又平淡的爱情故事，故事中的主角一生悲苦，颠沛流离，一直到了晚年才有了安定的住所，但是时间已经所剩不多，他们都垂垂老矣，走入了生命的倒计时。

当美棠离开之后，平如老爷爷画下了他和美棠之间的故事，那是他留给自己最美好的回忆。柴静在节目中曾问平如老爷爷：“您已经 90 岁了，难道这么长时间，没有把这个东西磨平了、磨淡了？”

平如老爷爷反问：“磨平？怎么叫磨平呢？爱这个世界是很久的，这个是永远的事情。”

我爱你，你知道吗，就像山川挽着河流，就像蜂蝶恋着鲜花，年华倾其所有，我们都曾付出过最好的爱。

今夜无眠，想到了见面的第一天，我脑海里全是有关你的回忆。

喜欢一个人就要猛烈一些，记得下次见面的时候，一定要拥抱得更紧一些。2016.11.13

那些，比孤单更孤单的事

“孤单”就是一个想被人们遗忘，但又终不离身的随身物品。

每天醒来，不知和谁道早安，入夜，又有谁可以说句晚安。每天不知何时才会说出第一句话，又会以哪句话作结束。

你真的不知道一个人在深夜里，对着内心诉说的痛苦，那些无人知晓、无人聆听、无人懂得的苦衷，是多么令人痛不欲生，令人窒息。

孤单大概就是在这样的时候，随时随地，直击心头。

这世界总是匆匆忙忙，你不知道该找谁陪伴。

突然很羡慕以前的父辈，他们大都有一两个兄弟姐妹，如果连个可以说真心话的朋友都没有的时候，至少还有个兄弟姐妹在旁边聆听你。

今天安慰了一下久未联系的朋友，朋友说自己忽然感觉很孤独，感觉心里很空。其实我并没有说很多，但是他却很感谢我。可能在没有人知道或者没有人去安慰的时候，一句轻声问候就会显得尤为重要吧。人有时候会突然失落、突然伤感、孤独脆弱，这都是可以理解的。

他对我说，肯定有很多人安慰你吧，我说恰恰相反，也许大多数人都和你想的一样，才没有人来安慰我。所以自我救赎显得尤为重要。

每年的平安夜，我都喜欢去一座教堂，不进去，只是在外面待一会儿。看着门口排着很长很长的队，全是一对一对的恋人，看起来很甜蜜，我看着他们甜蜜的笑，我也会很开心了，全是节日的气氛。但我却总是一个人，一个人。看着街上来往的恋人和汽车的鸣笛声，听着自己下载的歌曲。

你说，什么样的人，才能毫不在乎别人对自己的看法呢？我是个孤独的人，晚上很少有局。我不怎么爱找别人，因为很累。你的热情似火换来别人的冷嘲热讽、爱搭不理，久而久之也就不了了之了，所以也就没那么主动了。

一个人的时候会无聊，无聊的时候，快速翻看微博，浏览新闻，突然被一条微博戳中了笑点。

“比一个人吃饭更孤独的时刻，大概是一个人去吃自助，然后吃完再去拿东西回来，发现桌子已经被清空了……”

所以你觉得自己很无聊吗，那就做一些比现在更无聊的事情吧。

下面还有很多评论，原来大家都有孤单的时候，我心里忽然觉得没那么孤单了，大概是知道了自己并不是这世界上的唯一孤单的人吧。

我觉得孤单是一种属性，是每个人性格中都会有的，只是有的人敏感，有的人迟钝。白天，人群熙熙攘攘的时候，我常会在人群中觉得无处可去，仿佛人海茫茫，我就像是其中的一条迷失方向的小鱼，不知道该往哪个方向游。

这个时候，心里会觉得孤单。

你觉得全天下的人都在热闹，而只有你自己，无法走出孤单的阴影。

孤单是一种无法摆脱的情绪，常常无缘无故地找上门儿，也许在你和朋友吃饭聊天的时候，也许在你和工作人员商量下一个行程的时候，也许在你独自一人看电影的时候，真的是无孔不入，突然就会在某个时刻，不由分说地钻进你的心里。

其实，面对孤独最有效的方法，不是逃避，而是直面它。最孤独的感觉莫过于自己来拍摄自己，自己唱歌给自己听，自己陪自己吃饭，等等。午夜时分人们最容易怀念伤感，不用惧怕，我们来一起面对。

每个人都有压在心底的故事，不知道该怎么去讲出来，只有在夜深人静的时候，在心里讲给自己听。

每个人都有别人无法理解的故事，每个人都有别人无法接上的频道，你总想要等到懂自己的人，却因为寂寞，而忘记了打开接收的开关。

我也有过这样的时刻，觉得孤单是很难忍受的，是很难独自熬过去的，总希望拉一个人出来陪自己，哪怕不说话，就那么待在一起，也好像能让彼此的气息，流动在空气中，觉得孤单少一点点。

很好的朋友总是会分散各地，深深爱过的人总是会与自己渐行渐远，最爱的家人无法阻挡地一天一天老去，时间的力量，摧枯拉朽，我们无力去做任何事情，或者说，不论我们做什么，都是无力改变的。

后来，慢慢也想明白了，或者是孤单教会我，很多我们觉得糟糕的事情，也未必就是百分之百的坏事。

坦然接受就好了，别离既然无可避免，就祝福彼此能在更好的远方走得更远，家人老去无法制止，那就趁现在，尽可能多地认真陪伴。

我们能做的事情，不是阻止我们不想看到的事情发生，而是就算面对再难的事情，也能够游刃有余地处理。

这种看法，大概就是在一个又一个孤单的深夜，教会我们的。让我们学会不再过分期待好运降临，让我们学会对生活好一点儿，生活也会对我们好一点儿。我们人生的大戏，由我们自编自导自演，所以尽力去做一些事情吧，哪怕是在乌云下狂欢也没关系。

希望我们不再孤单，其实我说这句话的意思是不希望有孤单的人，即使孤单，也终将会过去。孤单未必需要他人来治愈，孤单的时候给自己一个拥抱，落寞的时候用正能量来感染别人，自己温暖自己未尝不是一个好办法。

安全感这个东西很奇妙，与其等待别人给予你，还不如自己给自己来得实在。所以孤单的时候请抱抱自己吧。2016.12.7

柒

累了，

就出去走走吧

远方除了遥远，还有风

人一生总要看见一次日出，或在山上或在海边。要看见美丽的阳光，总要经历漫长的黑夜。旅行的意义，在于可以没有后顾之忧地、从容不迫地享受你该有的生活。

不知道近几年是怎么了，去旅行总是只用一秒钟就决定了，就好像只是简单地从门口的胡同，溜达到了地铁站。我可能是在寻找旅行的意义，又或者希望能够在旅途中产生新的灵感。在我们人生的某个阶段，总是想要在陌生的远方找到近处所没有的感悟，不是吗?

这些都将不言而喻地出现在我今后的旅途中。

旅行的乐趣是什么，就是即使到了你对它一无所知的地方，那里也必定有耀眼之处，而自己要亲自将这些光芒一一拾起，收集起来。

第一次真正的旅行是在成年之后，拎着行李，前往未知的远方，心里有着一丁点儿的小兴奋，但脸上神色丝毫不肯流露出来，抿着嘴

爱看镜头的你

最喜欢的一张动物像。不经意的抓拍，效果总是出人意料。

巴，坐在候机室的柔软座椅上，一副世故、老成、无所在意的样子。

不知道从什么时候起，就无师自通地学会了隐藏自己真正的情绪，不论内心潮汐起伏的声音有多澎湃，始终能够做到不动声色。有时会看到身边因为出行而激动的旅客经过，他们会热烈地讨论着行程，规划着未来几天的计划。其实，远方除了风景，还有陌生，当我们真的从一个自己万分熟悉的环境抵达了一个从未去过的地方时，内心最初的那一点儿兴奋，会慢慢被陌生感、疏离感所替代。

我渴望离开，也热衷于踏上远方，但是我渐渐意识到，远方并没有什么意义。总在各大网站上看到有人渲染旅行的意义，言辞之间，好像出门行走一趟，就能够让自己的灵魂得到净化似的。

曾经的我，对此也相信，并且有着深深的执念，觉得远方有美景，有神秘的宝箱在等着我去开启。

但是，这几年在旅途中，我从一个城市的飞机场，到达了另一座城市的飞机场，去过的地方挺多的，但是真正用心体验过的地方其实不多。不是太久以前去过，记忆模糊了，就是没有好好体会当地的感觉，走马观花。没有和对的人一起去，不是为了工作就是路过而已，所以这些所谓的去过，都是没有意义的过去。

慢慢地，在陌生的街道行走，在不同的海边停留，看着千变万化的风景，心情却逐渐沉淀下来。我们所想要追寻的**人生意义并不在远方，意义在于从远方归来**。

离开原地，起程前往远方，断开了与当下生活的关联，当你返回的时候，你重新与生活接上轨道，重新隐于生活之中，这便是意义所在。

人间生活，饮食男女，总是在嘴上喊着什么“来一场说走就走的旅行”，似乎离开能够抛下一切，获得新的一切，但其实不会改变什么。我赞成远行，因为风景自在途中，但我不赞成为了远行而远行，生活无处不在，就算去到天边，也无法逃避。

风雨江湖，远方有风，也会有雨，如果你身心不安，不管去到哪里，都不会有真正的释放。

心情不好时喜欢旅行，不是为了逃离，而是喜欢那种永远在路上的感觉。我常常一个人旅行，带上心情，带上相机，拍下风景，拍摄心情，每一帧画面，都由心情支配。

这些年渐渐养成一个习惯，就是上车以后很容易入睡，并且会睡得很踏实。喜欢入睡之前是一种景象，醒来之后，在不经意间睁开眼看向窗外，会发现到了另一个世界，这才叫旅行。

喜欢看到那些广阔的山河。在高楼林立的城市，一眼望不到天，待久了，再多的绿化都不足以抹平心中的戾气。在路上，会遇见一些莫名其妙、很有趣味的人，望见无边大海、无垠天空，心中也顿时开阔起来。我想，这便是旅行的意义吧。

有一次在香港，深夜，我独自在维多利亚港赏夜景，周围不是一对一对在互诉衷肠的恋人，就是与家人朋友视频聊天的游客，唯独我一人，不知与谁分享。尽管风景真的很美，也真的被海风吹拂面庞。

内心涌起一种不为人知的阴郁，在那个深夜不断发酵，便听着风声，不断拍照，选取各个角度，拍摄各种风景，好像只有拍照，才能让我隐藏在孤单背后，以至于之后，我每次外出感到孤单时，就会不停地拍照。

有一次在上海，在黄浦江边，我坐在天台上吃晚餐，看着江水滚滚流过，看着旁边的食客都有家人陪伴，或是一对对恋人在轻声细语，但我只有拍下桌上的饭菜敷衍了事。在很多吃饭人的簇拥中，我渐渐意识到，我为什么那么喜欢摄影，因为摄影属于孤独者的游戏。

我想，自己之所以喜欢上摄影，是想要在喧嚣世界里找到安静的一隅，因为心底总有寥寥的孤寂，无法被日头照亮。我想，自己会爱上旅行，是想要卸下平日里的伪装，因为只有逃离熟悉的日常，才能寻找到真正的自己。

喜欢多走走，走多了好像就放下了心中的往事，也不用怕迷路，迷失了彼此。2016.12.1

答案在下一个路口

很喜欢《最好的态度》中的一句话："在喜欢你的人那里，去热爱生活；在不喜欢你的人那里，去看清世界。"

不要羡慕别人的青春年少有活力，永远有比咱们年轻的，但永远也有人比咱们先老去。

有生之年，起程上路，去看看这个既熟悉又陌生的世界，去听听地球那一端的海浪声有着怎样的韵律。我很喜欢大海，每次到海边，都会在沙滩上待很久。海浪声很奇怪，明明很大的动静，却能让人心里宁静，就好像所有的杂质都被海水冲走了，有着小时候的气息，仿佛回到了童年时光。

有句话说得很好：旅行，就是从自己待腻的地方，到别人待腻的地方。

东漂西泊，南来北往，大地苍茫，江河湖海，远方有谁在为你指引，为你点灯，为你照亮脚下潮湿的泥土呢?

不论你走多远，终究还是要回来，很多人总是指望旅行能解决掉自己生活中的所有问题：工作不顺心了，和上司闹别扭了，就出去旅行；和朋友闹不和了，心里觉得憋闷了，就出去旅行；和恋人分手了，觉得在熟悉的城市里，到处都能看到过去的影子，就出去旅行……

好像只要出了远门，让身体行走在路上，就能把一切烦恼和问题都甩在身后，抛之脑后，眼睛里全是路上的风景，心里想的也是去哪儿找更好玩儿的地方。掩耳盗铃地认为自己这样就会收获全新的人生，但是，当旅程结束，我们最终还是要回到自己的生活中，去面对之前自己留下的并没有解决的问题。

旅行劳累的只是身体，并没有解决掉任何问题，也许还会带来一些问题，比如，被刷爆的信用卡，一堆待洗的脏衣服和一屋子急切等待你打扫的灰尘……

有一阵子，我也是到处旅行，看过许多地方的潮水涨落，听过许多地方的鸟鸣虫叫，手机里存满了拍摄的照片，懒得存入电脑，也舍不得删除清空。

但是那些我精心选取角度拍摄的照片，身边却找不到一个可以分享的人。一时之间，心里有些落寞。

其实，以前的某个时刻，曾经有过这样一个人，我们可以毫无保留地分享生活中的一切，我以为这样的生活不会中断，直到这个人从

你
讨厌牙医吗？

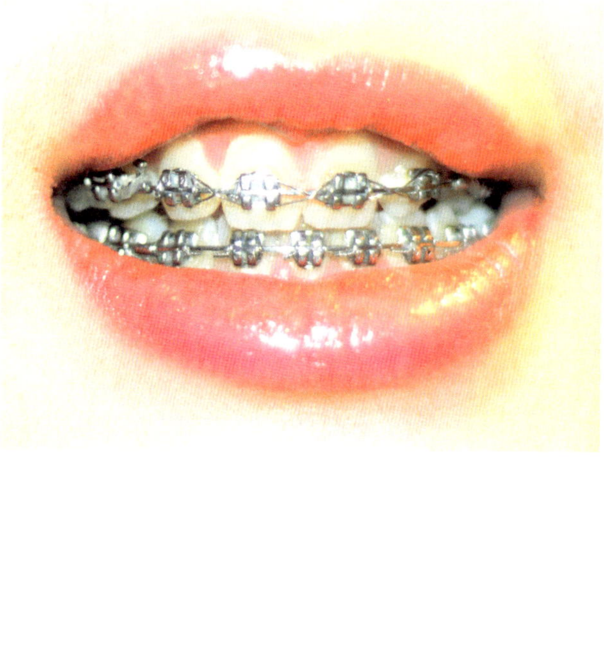

我的生活中彻底离开，我才后知后觉地意识到，原来告别这么不讲道理。

从此，我又再次落入孤独的口袋里。

曾经，我也认为旅行是一剂拯救无聊生活的补药，可是每次出去一趟，再回来，发现生活还是老样子，并没有因为旅行而发生任何的改变。所以，后来我想，无论是旅行还是生活，都是自己生命的一部分，我应当自己把握好节奏，而不是将旅行当成是拯救生活的药剂，也不应该把生活看成是一场兵荒马乱的演习。

每一场旅行都是一次离开，但不是一场逃跑，生活无处不在，即使到了天涯海角，也躲避不开，因为你就是生活的一部分。与其辛辛苦苦地逃避，不如真真实实地面对。生活的意义就是明白生命的琐碎和微光，旅行应当是一场寻找的过程，寻找到真正的自己，寻找到真正的生活。

所以，在每一次旅行的时候，我关于自己以及生活的一些想法都会发生改变，以前在生活中觉得困惑和不解的，在旅途中，一一迎刃而解。我不会再刻意地为了离开而离开，也不会做作地为了出发而出发。我们一生都是在路上，无论走到哪里，都要明白自己真正追寻的东西是什么才行。

在每次一个人旅行踏上归途时，我都喜欢戴上耳机，听着《平凡之路》：“我曾经跨过山和大海，也穿过人山人海，我曾经拥有着的一切，转眼都飘散如烟，我曾经失落失望失掉所有方向，直到看见平凡才是唯一的答案……”渐渐地，我竟然爱上了这种感觉，不慌不忙、不紧不慢、平静悠然。虽然安静得让人害怕，但不得不说，身处闹市中，这种感觉可遇而不可求。

世界是一台巨大的疗伤机器，清风徐来，水波不兴，不知不觉中，就用时光将往事的褶皱抚平。

有时，我独自一人看着自己拍下的照片，想着将来有一天，一定要把它们出版成书，一张一张，全部放进书里，厚厚的一本，给很多人看，越多人越好。

这样子，我就将自己的心情分享给了许多的人，我再也不用忧虑，自己应该如何分享了，这就是我脑子一热想出的笨拙的办法。但是，我没有想到，真的有一天，我会实现自己的这个想法。

当然，我想，编辑是不会为了满足我这个小小的、任性的心愿，就真的贡献出词典厚度的纸张让我放满照片。不过，就是眼下的这些，我也觉得满足，因为也许未来的某一个时刻，那些与我失散在生命旅途中的人，会看到这本书，从而想起我。

只是一个微微闪过的想念，就足以让我慰藉。

而多年后的某一刻时光里，我打开这本书，看到了自己的这些文字和照片，这些一直隐藏在记忆中的微光也会瞬间被点燃，放大，成为熊熊烈焰，照亮之前漫长而蜿蜒的来路，一眼望不到尽头。

曲曲折折的道路，我们总会走完，在通往梦想的路上，有太多的人和事与我们相遇又别离，我们之前为之迷惑不解的难题，最终都会在时间的风中被解开。这就是人生，我们每一个人的人生。

我们在一个路口离别，在下一个路口重逢，或者在这个路口相聚，在下一个路口告别。

明天肯定会比今天好的，每天都是好的啊。要开心每一天，期待每一个新的一天。2016.12.6

有你在，还要怎样更好的世界

北京的第一场雪飘落下来，很冷、很静。让我好奇几百年前的北京飘雪到底是个什么样子呢。

我想到了全世界，想要去全世界看看，总是突然就想要去旅行，说走就走，放下手边的一切。**旅行中的肯德基肯定都比一般的肯德基好吃些吧，**就是这么偏执地认为，想要去丈量全世界，带上我的相机。

这个世界上只有两样东西可以让我安静下来，一个是爱情，另一个就是摄影。

我不是什么厉害的角色，也不是什么名人，只是一个钟爱摄影的、留着辫子的、玩世不恭的、重情重义的摄影师。我喜欢拍摄这世界上的一切，只要看着镜头里的世界，就会觉得温暖又舒心。

这个世界上有两种人可以让我忘记孤单，一个是朋友，另一个是家人。

他们对于我来说是很重要的存在，不论我走到哪里，都有着被牵挂的感觉，即便相隔天涯，也好像咫尺明月。我的好朋友不算很多，因为我并不是一个随时随地能打开自己，敞开心扉的人，我交到一个真正的朋友，总是会花费很长的时间。我很需要朋友的陪伴，但我也不会刻意去进行人际交往，因为我很明白，有时候，一群人的喧嚣中，你反而会更感到孤单。我更看重朋友之间心与心的交流，就算三两个朋友在一起，彼此不说话，也不会觉得尴尬。

有的时候我常想，生命给予我们这么多的惊喜，让这些光芒万丈的人走进我们的生命里，让我们遇到想要付出一切去完成的理想，生命还有什么好遗憾的呢？正是因为有这些人、有这些事存在于我的生命中，让我觉得遇到他们是一种运气，也正是因为有了他们，我想要将自己活成更好的人，这样才不会辜负他们，也不会辜负自己，更不会辜负这很好、很好的世界。

所以，**我热衷于离开，也深爱停留**。

因为**人生有梦想，更有牵挂**。

生活还有大把的光阴，没必要为了眼前的苟且，放弃远方的田野和山河。但是也不需要为了寻找遥远的远方，而与眼前的生活产生间隙。更好的世界，只是因为你变得更好了，而我，也是为了你，努力成为更好的自己，成为让家人、让朋友喜欢和放心的自己。

在一次采访中，记者问我如果将来想要安家，会选择哪个城市。

我认真思考了一会儿，我之前去过那么多的城市，那些城市各有各的优点，它们都那么好，那么让人迷恋，让人不愿离开，但我依然回答，我愿意选择北京。我会留在北京，将家安在北京，并不仅仅因为北京是我的家乡，更因为北京能给我强烈的包容与宽慰的感觉。因为北京有我很好的朋友，有我最亲爱的家人，这里是我梦想最初的萌芽的地方。

南来北往，暑去冬来，世界很大，心安就好。

我喜欢北京雨后的天，空气中弥漫着湿润的气息，透着大自然的味道。似乎能找回丢失的情绪，每一次呼吸都充满着美好。

我喜欢北京雪后的夜，静谧无声，皑皑白雪给整座城市裹上了素白的包装纸，这座城市里的每一个人都得到了这份珍贵的礼物。

我喜欢北京秋后的下午，天那么蓝，云那么远，空气中裹挟着安静的因子，让人直想在阳光下眯眼。

我喜欢北京，北京也被很多人喜欢着，我有很多朋友，从外地来到北京，他们和我一样对这座城市充满热爱，我们常常在闲暇的时候，在北京城四处晃荡。

北京是个人情味儿很足的地方，如果想要来北京旅行，想要了解这座城市，我觉得旅行的时间大约是以一周至十天最为理想吧。在这个说短不短，说长不长的过程中，你就可以感受到一些事和情。北京虽然有空气污染、堵车等众多缺点，但它依然是美丽和可爱的，在我心里，它就像亲人一样，就算有再多不足，我依然深爱着它。

和朋友在一起，会让我觉得很安心。一个电话打过去，就立刻有人来陪伴的感觉真的是千金不换。而当朋友有事情的时候，我也会第一个冲上前，被朋友需要的感觉，也是特别棒的。

但是，我总是忘记了一点，有相聚就有别离，没有人能互相陪伴直到永远。

生活到底是实际的，因为一些很实际的原因，有的朋友最终选择离开了北京。送他们走的时候，我心里有着难忍的不舍，但也知道没办法挽留，毕竟每个人都有自己的生活。

只好对他们说：“以后再来北京，一定要通知我。”

以后，太过虚无缥缈的词，下一秒，下一分钟，下一个十年，下一辈子，都可以称为以后。

每次分别的时候，我们都会信誓旦旦地握着对方的手，看着对方的眼睛说：以后，一定会再见。

但其实，我们内心深处也清楚，有些人，一旦告别，便是不见。

人生诸事总是很难说，你不会知道下一秒钟，谁会从你的生命中离开，也不会知道谁会闯入你的生活中。

我们总是说着：“没关系，还会再见。”

我总是最后一个走，因为不敢对你们说“我有事儿，先颠了”，怕你们看到我的背影，其实每次看到你们的背影我都会觉得不舍。

相聚总是来得太慢，却走得太快。这让身处五湖四海的兄弟们唏嘘不已。

但我们也打心底里知道，有时候，告别就意味着失去，意味着四散各地，意味着再也不见，只剩怀念。

我很感激每一个从我生命中经过的人，他们是我无法剥离的一部分，是我回忆中的熠熠光辉，是我成为现在更好的自己的动力。

正是因为有了他们的存在，这个世界才会这么让我喜欢。

在书上看到过这样一段话："有天我们绝交了、翻脸了，你出门跟全世界一起骂我，我也不会把你哭着、笑着在深夜只分享给我的秘密告诉别人。一个人把自己身败名裂、遭人耻笑的事情告诉你的那一瞬间，一定是把你当最亲近的人了。人生诸事很难长情，爱情、友情有时一样，我愿始终记得你把心掏给我的瞬间，并守护它。"

不见的朋友，放在心底，见面的朋友，常来常往。生活的周长总是有限，原谅我总会弄丢一些人、一些事。但我也会尽量伸展双臂，用尽全身的力气去揽住一切我留恋和珍惜的人和事，因为有这些人和事，我才能成为现在的自己。

总是喜欢睡前在微信里面发个朋友圈，早上醒来，看见有朋友回我，给我点赞评论，知道我还有存在感，还会有人与我呼应，就又是有动力的一天。2017.1.22

有的人也许永远不回来，也许明天就抵达

最喜欢一天中的这个时刻，夕阳是橙色的，有些泛红，光线斜射进窗户，这时候，无论是看书、看电影或是听歌，都特别惬意、特别有感觉。

看到一个事物，在某一个刹那就会想起一个人，是一件很有感觉的事情，但也会很伤感。

不知不觉间，我走了很远，回头张望，身边没有了一个熟悉的面孔。小时候，任性地拍着好哥们儿的胸脯说："咱们永远是兄弟。"再长大一些，给喜欢的女孩子发消息，写道："我想永远和你在一起。"

在这个世界上，不知道有多少人说过"永远"这个词，我相信，一定有许多人发自真心地赌咒发誓，一定会和某个人永远在一起，一定会做到对永远的保证。然后，心里带着这样的保证，与昔日赌咒发誓的人后知后觉地走散在了某个路口。

世界实在太大了，我们总是越走越快，都忘记回头看一眼，当初留在自己身边的人，是不是还跟在身后。有朋友说现在的社会，没人再追求天长地久了，只要曾经拥有就好了，毕竟人山人海，能够相逢就是奇迹。

话虽然如此，但我对于每一次的分离，总是会耿耿于怀。就好像我出去旅行，在旅途中，总是会遇到一些能聊得来的人，但是旅行一结束，我们就要挥手告别，有的时候，甚至都会心照不宣地连联系方式都不留给对方，大概我们都知道，相遇是缘分，重逢是运气，我们虽遇到了缘分，但我们不会信任运气。

有时，偶尔想起旅途中的某个有趣的人，但不知道这个人此时此刻在世界的哪一个角落，心里会忍不住大为怀旧，沉浸在回忆里。

其实，有时候回忆是会骗人的，因为我们总是会主观地将自己在意的、觉得美好的事情在回忆中无限放大。所以，再微小的事情，在时间河水的浸泡下，都有可能变得比当初发生时，更加熠熠生辉，更加牵动人心。就像千百万年前的一滴松脂会在时间的冲刷下，变成诱人的琥珀。

认真想一想，当时经历的时候，虽然温暖、动心，但也不过就是人生中的一次小小邂逅而已。

大概是过去无法追，所以，我们总是愿意怀念。其实大可不必如此留恋过去，有的人注定是你生命中的过客。他们来了又走，走了也许还会再回来，生命就像一座大大的游乐场，我们在其中寻找着自己喜欢的游乐项目，有的人会陪你坐完旋转木马之后，就跑去玩过山车了，而你则跑去玩海盗船。但很有可能，在你准备玩卡丁车的时候，那个与你一起玩旋转木马的人也拿着门票，站在入口处。

走散的人又在某一处遇到了，也许，玩过卡丁车之后，你们又会各奔不同的方向。但是有什么关系呢，人们来来去去，你记住的，忘记的，都是你生命中曾拥有的一部分，是值得珍藏的。

所以我说，我们的生命中，有的人也许永远不回来，也许明天就会抵达。不要急、不要忘，该来的总会来，该走的也不用留。

经常会很想念离开北京的几个朋友，不知道他们在远方过得好不好。

你的不舍不会让别人停止脚步。每个人都会继续前进，永不停歇。有些哥们儿刚出发，有些人在路上，有些可能就要回来。都是朋友、都是亲人、都是瓷。你们没把北京当成一站、当成一个过渡，而是当成家。

想你们，爱你们，等你们。家里有事儿你就言语一声，是哥们儿就真的会帮忙。但是那种几年没联系的，突然跟我说话，而且是有目的的，那就别怪我不帮忙了。你自己不觉得尴尬，我都替你觉得丢人。

其实这一辈子，我们都是目送着身边的人一次次远行，而我们也在别人的目光中，渐行渐远。

幸福的相聚，最后注定会分离。但分离并不是悲伤的。因为每一次的离别都是为了更好地重逢。所以不要认为离别后有些人就再也见

《触碰》现实与虚幻的交织

王府井给我印象最深的不是步行街也不是那口井，而是这座教堂。有多少人在这里走到了一起，又有多少人婚礼后又独自徘徊。它见证了多年的分分合合却依然矗立在京城的一角，无谓兴衰。

不到，即便真的是这样，但不舍总是多余的，勇敢面对，乐观接受。活着总该多些希望嘛。加油！过好自己的生活。

如果最美好的时刻总是最短暂的，我们就该珍惜这个时刻。小时候的玩伴，大多都刚结识，还没有玩熟，便都消失不见了。长大也是如此，因为工作、家庭的原因，再好的朋友随时都可能天各一方。曾经想，为何不能把聚首的时间无限延长呢？也许这样就会显得不那么珍贵了吧。请珍惜人生，享受朋友、亲人给自己带来的温暖和爱吧。

有些歌是用来迎人的，有些歌是用来送人的。

你来，你走，我都会用歌声相陪。流转的旋律，会慢慢堆积成我们未来变成的那个样子，会慢慢指引着我们，走到我们想要的那个未来。

人其实永远不会达到自己的期望，因为每到一个程度之后，又会有新的期望，别老是对别人比对自己还好，也别只是想着自己，忽视了身边的人。张嘉佳在《从你的全世界路过》中写道：“我希望有个如你一般的人，如山间清爽的风，如古城温暖的光，从清晨到夜晚，由山野到书房，只要最后是你，就好。”

文艺伤感的心灵鸡汤能勾起人们的共鸣，你会流泪的。这样可以让人们感到，还是有人懂得自己的情绪，还是有人可以感知到自己，还是有人和自己一样的，你并不孤单。我也希望会有这样一个人，从我故事的开头，与我恰好相逢，猝不及防地邂逅，在故事的结尾，还能够携手并肩，一路微笑。繁花落叶曾有时。

爱是需要有所回应的，这不是自私，心中有爱的人自然会回应对方对你的好，不然太残忍太无情了，总之，没有得到的东西，在该来的时候总会到来，所以，要做好准备，用最好的自己来迎接吧。

2016.12.27

更好的，尚未相逢

我喜欢远行，向往远方，从来不惧怕未知，时间告诉我，走下去会遇到更好的自己。

有朋友和家人的温暖，就算他们不在身边，但旅途中依然还是会带给自己勇气和安定。多出去走走，见见路上的陌生人，看一看许久未见的老友，有些人，不要只是天各一方地聊聊天、叙叙旧，必须要见面，一起去一些地方，一起经历一些事情，才足够。

早春夜里，刚刚抵达北京，我拉着行李箱，从机场回家的路上，寒气逼人，和已经温暖的南方比起来，北京还是够冷峻。这寂静的夜，看起来让人觉得十分悲怆，甚至有一些毛骨悚然，现在看时间，应该算是深夜了吧，大多数人应该已经钻进温暖的被窝里，准备进入梦乡了。

这一次，旅行归来，一往一返之间，觉得生活似乎又沉淀了不少，比较之前的日子，好像更有质感了。当时发生了一件有趣的事，我打车准备回家，上车之后，刚坐上副驾驶的位置，我一回头，人没了，原来司机突然把座椅靠背放平躺下了，然后我就一直看着他，我也躺下了。

这世界，总有那么一些你不在意的时刻，会是那么好玩儿。只是我们当时并未留意，我们的眼睛一直在看着前方。

世界就是这样，更好的永远不在手边，当我们前行到下一个驿站时，回头想一想之前路过的山口，似乎风景更美，但是没办法，已经走过了，就没办法再回头，毕竟人生的旅程上，没有返程票。

失去教会我们珍惜，因为懂得了珍惜，所以会觉得得到的越来越多。在人生的旅途中，越来越接受原本的自己、有缺憾的自己、不完美的自己。

我小的时候觉得自己可以成为任何一种我想成为的人，但是，长大一些后发现，自己甚至无法成为任何一种能够令自己满意的人，有时候会对自己发出疑问：这样日夜颠倒地忙着，到底是为了什么呢？

为什么之前所期望的更好的生活，更好的人，好像在和我捉迷藏似的，让我怎么找也找不到。在上海拍戏时，一天没有我的戏，我和剧组的几个人在门口坐着，仰望天空，听着蝉鸣，想着故乡的大雨，思念泥土的气息。

我突发奇想，如果我没有演戏，没有发歌，也没有粉丝，没有被人知道的话，我现在又在做些什么呢？可能会天天给人拍照片，做一辈子摄影师；或许转行当厨师、DJ、调香师？或许当老师、专车司机、办公室文员、做着自己的小生意？好像一切都是未知的，生活的趣味就在于此吧。

小的时候，我们只能想象这个世界美好、简单的一面，觉得梦想这个东西，只要我们个子长得足够高，脚尖踮得足够用力就能够到。长大之后，我们才发现，小时候的想象多么幼稚，现实的生活根本不是我们在上美术课时画板上画出来的那样。

生活就是这样，一点儿一点儿地把我们曾经相信的东西打碎在地，时过境迁之后，我们低头一看，手中什么也没有，只留下一地碎片。

接受了世界不那么美好之后，反而能窥到更多的美好。因为我们已经明白了世界就是这样不如自己想象中的那般顺遂，所以，我们已经接受了自己的束手无策和力量薄弱，我们不再像小时候那样做着无边无际的白日梦，而是开始拨开眼前的迷雾，努力做好正在做的手边的事情，让自己能够保护好自己，保护好身边每一个想要保护的人。

还好，这一路走来，我还是热爱着摄影，深爱着拍照。“会拍照的人懂得生活。”忘记了这是谁对我说过的话，我只是喜欢记录下最深刻、最独特的瞬间，照片定格下来，心也在那一瞬间更加坚定下来，相机一直是我钟爱的伙伴。

我喜欢拍照，还有一个原因，就是每个人都可以用镜头来诠释自己眼中的世界。摄影没有门槛，只要你喜欢，只要你愿意，每个人都可以拿起相机，拍下你眼中、心中的那个世界，不需要和任何人解释。

可能是因为娱乐圈比较特殊，在许多人看来，这个行业比其他工作都要复杂一些，所以，一些不太了解这个圈子的老朋友渐渐也会觉得我和以前变得不一样了。但其实并没有，不过我不想多解释什么，因为解释也没有多大用，有些人认定的事情就算你让步人家也不领情，所以，多说无益。

这个社会没有那么单纯，大家都在变。咱们只能尽力做到不变初心，只要用真心对待那些老朋友，他们一定会了解你的。我一直都这么想，因为人成长了肯定会变啊，只要对待朋友的态度不变就好啊，我是这么想的，也是一直这么做的。

能做到每天问心无愧，每天开开心心，每天不招惹是非，每天都不被外界所干扰地活着，真的特别难。因为如果活得问心无愧，就会得罪别人，让别人心里不舒服，这样你自己也不会开心了，所以真的很难。有句话说得好："世间最好的默契，并非有人懂你的言外之意，而是有人懂你的欲言又止。"

在拥有的时候用力抓紧手中的一切，在下雨的时候，紧紧握住手中的雨伞，在刮大风的时候，用力抱住身边的人一起取暖。很多时候，只要再坚持一下下，就能看到想要的美好。

不要停下，因为更好的，尚未相逢。

孤单的人请抱抱自己，不要做装在套子里的人。把自己裹得太严实，只会让自己窒息。谁都受过伤，没有安全感的人更要爱自己。所以给自己一次机会吧，让安全感包裹我们。

人生中应该少叹一些气，每叹一次气，就会从身边溜走一份幸福，叹得太多了幸福就都没了，所以要乐观向上，不让这些小幸福溜走，久而久之这些小幸福就会变成一个大幸运。

其实文身就是一个“好了伤疤忘了疼”的结果。2017.1.22

没有经过任何后期修改的一张照片，为数不多的不用修改。

捌

愿我们

能与未来握手言欢

变了的和没变的一样多

24 岁的第一天从零点到早上醒来，再到晚上，整整一天我收到了那么多的祝福，每一个祝福都让我真心感受到了满满的幸福，感恩，真的很感恩。从来没想过会有这么多人给我过生日，我当着这么多人演出，哥们儿也来看我的演出，说为我自豪，听到以后我眼圈儿真的红了。那时候才感觉到演出给我带来的幸福感，这个生日过得真好。谢谢所有给予我祝福的人、送我礼物的人，你们心里有我，我心里也有你们。（为什么今天就没人约我出去呢，是不是因为都觉得我有人陪了，所以才没约我？如果我问：为什么不来陪我？有人回答：因为觉得你有人陪了。那我真想把他抽飞，巨远巨远）可能在朋友圈很热闹的人，人们总会习惯性地以为他身边就是这么热闹。哪知道就因为没有那么热闹，才会在朋友圈去热闹啊。

成长不是简单的时间消逝，不是时钟转一圈，我们就长大一个小时。成长是一节一节地拔高自己，会疼、会伤、会流泪。

每个人都会成长，只是每个人成长的速度不一样，有的人很快长大，有的人多年如一日，还像小孩子般天真。我不知道自己是从什么时候真正开始长大的，也许是从一天深夜的暴雨声中惊醒，首先想到的是父母卧室的窗户有没有关；也许是在一个早晨，突然想到了自己感情充沛的少年时代，信誓旦旦许下的誓言。

日子一天一天地过去，我们身后的影子从长变短，从短又被拉长，一年的光阴悄悄地从我们身后溜走，带走了很多，留下的很少。

我终于相信了时光的力量，心中有着微微落寞的疼痛，在我们的影子深处，某些再也看不到的过去闪烁着暗淡的光辉，似乎在向我们做永远的告别。

总是在告别的时刻，才想起来要留恋，与上一秒的自己正式说再见，告别旧的时光，才能更好地走进下一段岁月。上小学的时候，老师总喜欢让大家想象二十年后的自己会是什么样的，那时候，懵懂无知的小孩子，奶声奶气地、一板一眼地回答着：“未来的我，想要成为……”

我那时候很喜欢这个环节，我总是对未知的事情好奇，小的时候，就不断地幻想自己长大后会是一个怎么样的人。小的时候，热衷于想象自己在长大后，会有多少的变化。因为不想每天去学校上课，所以想象以后的自己可以睡到自然醒；因为不想参加考试，所以想象以后的自己可以不用面对试卷；因为不想写作业，所以想象以后的自己能够自由自在，不用接受别人的安排。

以前想象了那么多，却还是没有想过自己会成为现在的样子。时光就像魔术师，永远不会告诉你下一秒钟，有什么新的变化出现。

现在的我，也依然在想象，十年、二十年后的自己，会是一个怎样的中年人？是变成一个已经发福，低头都看不到脚尖的胖大叔？还是依旧苗条，在篮球场上还能和小伙子打球的帅大叔？

在机场候机的时候，我常常会想，世界变化得真大，时间流逝得也真快,容不得我们仔细琢磨,一切就都不一样了。飞机在几个小时内，就可以把我们带到千里之外，岁月容不得跟我们商量一句，就把我们送到了人生路口。

我很想和未来的自己对话，告诉未来的我，现在的我充满热血，对未来怀抱着万分的希望，想要在接下来的生活中，活出更好的样子，得到比成功更可贵的东西，即岁月的沉淀，时间的财富。

你好吗？

我很好！

我是年轻时候的你，现在的我，摄影、唱歌、拍戏，做着许多自己喜欢的事情，心中还有许多规划，想要留在以后一一实现。不知道这个时候的你，是不是已经完成了我的计划单，拥有了更丰富的人生。

我有很多问题想要问你，但我知道，我一定收不到你的回信，所以还是算了。我不喜欢失望的感觉，而且，我也不喜欢剧透的感觉，人生是一出大戏，我每天都会拿到不一样的剧本，至于多年之后的自己会拿到什么样的剧本，虽然我心里十分好奇，但是我不想打听，就保持一点儿神秘好了。

不知道多年之后的你，变了多少？是不是和现在的我，判若两人？我不希望你变胖，因为会很丑，洗澡照镜子的时候，会自卑。

我觉得你应该还会继续拍照，因为现在的我无法想象自己离开摄影的生活，我相信你也一定不会放弃初衷。

我一直不愿轻易被这个世界驯服，对我来说，时刻保持对这个世界的好奇和新鲜感很重要，所以，我总是在不断尝试新东西，我现在想将来能够拍出反差很大的戏，演一些很有挑战性的角色。

如果有可能，我也想尝试做导演，不知道我的这个想法，是不是已经被未来的你给实现了？我想要在摄影机后制造一个独独属于我的世界，我可以在这个世界里添加一切我想要添加的情感和事物，我可以费尽心血地将这个世界改造好，然后摆到人们的眼前，给大家看，告诉大家，这就是我创造的故事和时空。

不管怎样，我还是希望你能如我现在一般开心、心怀感恩。也许你会在未来的岁月经历伤痛，也许会有命运的惊喜等着你，经历总是会让我们迅速地成熟起来。我相信，你一定会比我现在做得更好。

我创作了一首歌，歌词写了很长时间，总是觉得有些词不达意，不能完全表达我心中所想，但是到底还是发布了出来，让更多的人听到了。虽然有很多地方还不是很满意，但我还是想要唱给你听。

我用心地唱，你就安静地听。孤单是每个人的随身物品，我想让你一起来和我感受孤单的魅力。

今天的孤单，明日的沧桑，隔着岁月的时空，在每一个黎明，每一个凌晨，我和未来的我，一起努力。

《孤》歌词：

独白：
静海孤城岁月漫歌
东漂西泊离宣武
南来北往别崇文

孤单的人哪好平静
漂泊的人啊苍老的表情
傻傻的人哪真用情
心碎的人啊好动听

视而不见
却又重现
独自穿梭在
彷徨间

岁月变迁
却没变
反反复复
靠岸边

和脑中想象的画面一样，最终记录下来了。
好久没拍照片了，想念那种在摄影世界中自由发挥的感觉。

啊……啦……

长镜头

旧胶片

又过一年

破碎的城池

啊……

是非中

却又被

无情的往事打动

不见不见

从未见

人生旅途

一瞬间

变迁变迁

仍未变

总而言之

折磨遍

啊……啦……

长镜头

旧胶片

又过一年

破碎的城池

啊……

是非中

却又被

无情的往事打动

岁月的变迁

一世美好

夕阳前

雨雾后

独自落寞

此生的孤寂

啊……

知天命

百期颐

众人皆欢我沉默

离别的人哪好熟悉
绝情的人啊怎么还是你
远去的人哪很彻底
梦里的人啊在哪里

终究还是到了24岁了，其实今年我过得并不顺利，就像我写的这首歌一样，稍显孤独。我真的真的希望所有人都好，希望传递给别人正能量，我会努力做到，让所有人都开心。谢谢你们的祝福，每一个人给予我的祝福都是很特别的，我都会记住。

感觉这种东西，如果可以说清楚，那就不是感觉了。2017.1.31

最后的生活，最初的仪式

生活本来就不简单，但是我们可以努力把它过得简单点儿，每天让自己多快乐一点儿。

最近，和朋友吃饭、聊天，不可避免地谈到离别。大家都说年纪大了，见不得分开，看不得告别。

每次听到身边有熟悉的，或者认识的人离世，心里就会忍不住“咯噔”一下，虽然平时也不会常见，但一想到今后再也不能见，免不了还是叹息不已。

我一直都很喜欢小动物，从小就一直喜欢特别呆、特别可爱的动物，每次见到就一直抱着不想放开。但是，一直到现在，我也没有养过动物，倒不是因为怕麻烦，而是从内心深处担心有一天会不得不面对别离。毕竟动物的寿命比人类的寿命要短很多，我不敢想象有一天，看着自己所养的小动物离开这个世界的样子。

看过一个故事，讲的是一对夫妻含辛茹苦地养大了自己的女儿，女儿的学习成绩一直非常好，在班级里名列前茅，从小学到大学，一直都是父母的骄傲。在大学毕业之后，女儿非常有出息地留在了大都市，女儿深知父母养育自己的不易，她在外努力拼搏，丝毫不敢懈怠，就是想早日能够凭借自己的能力，将父母接到身边来照顾。所以，为了实现这个目标，女儿辛苦地工作，常常加班，节假日也几乎不怎么回家，她不想把时间浪费掉，而父母也很理解她。

每次夜里通电话时，女儿总是说："再等等，等我攒够钱，买了房子，就把你们接过来一起生活。"

这对夫妻每次思念女儿时，也总是这样相互安慰："再等等，用不了多久，就可以和女儿团聚了。"

可是，等待是封无效信，说好的等待，终究是落了空。父亲因为一场急病去世了，女儿赶回家的时候，父女二人没能见上最后一面。女儿抱着妈妈号啕大哭，后悔自己为什么没有早些回家多陪陪父亲，以至于现在留下了终生遗憾而无法弥补。

女儿最后终于在自己工作的城市买了房子，她将母亲接了过去，但是，在她的心里，始终有一块缺憾是无法弥补的，那就是与父亲的永不再见。本来是有很多的时间相互陪伴的，但是为了等待"下一次"，终究是错过了所有的时机。

龙应台在《目送》中写道："我慢慢地、慢慢地了解到，所谓父女母子一场，只不过意味着，你和他的缘分就是今生今世不断地在目送他的背影渐行渐远。你站在小路的这一端，看着他逐渐消失在小路转弯的地方，而且，他用背影告诉你：不必追。”

说好的团圆饭，总是没机会吃；说好的全家福，总是没机会拍。

总觉得下一次近在眼前，但却没想到一转眼，要走的人已经留不住。

人生中有些东西，注定是无法追赶的，留在下一次的机会，很可能倏忽而逝，再也握不到手心里。

我每次买了礼物回家，看到爸爸和妈妈想要收起来的时候，就一定要阻止他们，让他们立刻就拆开，拿出来用。妈妈会嫌贵重，舍不得用，我都会劝她别舍不得，因为再好的东西，如果放到来不及用的那一天，也是枉然。

最好的时光，不是等到未来的有一天，我们畅想的风和日丽，而是如今，我们一起度过的每一天。

很早的时候，我就在心里对自己说，有一天自己有能力的时候，一定要为父母买他们喜欢的礼物，做能让他们高兴的事情。我希望这一天能够早早到来，因为我知道时光易逝，我在快速地长大，他们也在迅速地老去，我们相互陪伴的时光太短暂，我能为他们做的事情太有限。

在时光的深处，**现实手把手地教会了我，有些人，相处一秒钟，就少一秒钟，有些事，现在不去做，就可能永远没有机会做了。**

千万不要试图掩盖你内心
的懦弱，
这样只会让你更加懦弱。
闭上眼睛，
打开你内心的那道枷锁，
深呼吸，
解放自己。

有时候，前行的唯一方式，就是重温过去那些牵绊着你的事。你必须迎面去解决，不管它们有多可怕，因为一旦这么做了，你就会发现，你能比自己想象的走得更远。

我想时间教会我的最宝贵的一课就是将每一天当作最后一天度过，这样才能算是真正地生活过。美好的礼物不需要珍藏，因为只有被你所爱的人拆开，这份礼物才算是完美的。

时间从不会等你，而你也永远无法等到时间停下。

不知从什么时候开始渐渐习惯了，春节才是和家人见面的时刻。一年一次，就像牛郎织女见面那样艰难。在北京打拼，很多人不是因为真的喜欢这里而驻留，而是为了生计而停留。太多人成了过客，春节一到，北京仿佛就要成为一座空城，无处诉说它内心的虚无。整座巨大的北京城在空旷下来之后，就像是一个深沉的隐喻，似乎告诉我们，人的这一生，总想抓住的，是看似对我们来说事关紧要，但其实是无关乎生命本质的东西，而我们在追寻这些东西的时候，丢失掉的，才是无从弥补的、珍贵的部分。

比如，因为追求名利而失去的时间，比如因为追求金钱而失去的快乐……

说好的陪家人，却总是因为突然加班、出差而拖了又拖。因为忙而不回家，却不知道家里人把为你准备的饭菜已经热了一遍又一遍。

说好的和喜欢的人一起去游乐场，却因为种种的原因，一再拖延，最终，你站在游乐场外，看着你喜欢的人身边站着别人。

如果生命中永远都没有离别该多好，但正因为有了离别，所以才应该更加珍惜。2017.2.1

那些年，我们把什么留在了原地

在这个世界上，每天都会发生各种各样的故事，我们每个人都有属于自己的故事在上演，我们总是在追求故事的意义，想要从中探寻到人生的意义和做人的道理，然而，到头来却是什么也没有得到。我们每个人都想提前要一份这一场人生考试的标准答案，好让我们知道自己之前都错过了什么。

但是，永远不会有这样一份答案，我们永远在失去一样东西很久之后，才会在不经意的某一个瞬间，想起曾经被我们留在原地的东西。

大部分时候，我们太急于向前赶路了，看到身边的人，一个一个地超过了我们，看着他们的背影，我们内心变得焦躁起来。毕竟，被落在后面的感觉不是那么好受，所以，我们拼命低头赶路，为了加快速度，往往会轻装上阵，减轻负重。

我们不愿为一次难得的老友相聚匀出更多的时间，我们不愿为了陪父母说话留出更多的时间，我们觉得还有大把的时间，我们应该去做更重要的事情。就这样，在一件又一件更重要的事情之后，我们真的走出了很远。

每次分别，我们都会习惯性地说："下次一起吃饭，下次再聊，下次……"

每次遇到遗憾，我们也会习惯性地安慰自己："没关系，还有下一次，下一次一定弥补回来。"

下一次，成为我们的口头保证，我们也一厢情愿地相信着，还会有下一次，真的会有下一次。

即使明日大风大雨，即使路上泥泞难行，我们也始终相信，昔日的承诺会穿过天寒、会走过暑热，来到未来的某一天，然后与我们相遇。到那时候，我们可以将过去丢掉的一切，一一捡拾回来。

但是，真的到了那天，我们才发现，过去的统统成为过去，即便过往如昨日般清晰可回忆，却也是伸手触不到的时空了。我们留在岁月中的所有欢笑、泪水、迷惘、希冀，统统变成了标本，被包裹在时光温润的油脂中，存放进记忆的历史里。

回望过去那些无知又无畏的年华，在"兵荒马乱""草木皆兵"的教室里，一边偷偷躲着班主任的监督，一边和同桌聊着关于未来的畅想。那些年，我们在一堆堆的试卷和习题下，各自倾诉着大人不会理解的梦想。

青春留给我的，除了晃眼的阳光，还有对梦想的执念。

毕业季的时候，同学们最热衷的事情就是写同学录，在那些花花绿绿的本子上，用各种夸张的字体、网络上摘录的流行语言，描摹心中的怀念和期冀。我常常会咬着笔杆子，绞尽脑汁地在每本同学录上写出看起来深不可测，又乖张热血的话。那时候的我，对未来虎视眈眈，不愿与之和平握手。

心中无数次想象，就算未来是洪荒戈壁，自己哪怕力竭马亡，也要独自担当，用一己之力维护着自己的天地。那时候，我生活在平静的校园里，站在象牙塔尖上，看着尘世的土，做着自己的梦。

时间一晃而过，岁月不会给我半点儿温情。

站在洪水滔天的十字路口，我举目四望，昔日豪言壮语想要征服的人生战场，如今兵荒马乱，自己根本无力应对。所以，有的时候想一想青春时期的勇气，也会觉得好笑，当年一无所有的自己，竟会有那样盲目而冲动的劲头。不过还是一个整日为了考试和学习而发愁的孩子，就总是叫嚣着要担负起全世界。

失去的不仅是年华，不光是岁月，还有敢于仗剑走天涯的气魄。已经再也不能随心所欲地许下愿望，因为心里满是踟蹰和担忧。关于周身的繁华世界，进入得越深，惧怕得越厉害。

一个周末，我在电影院看了一部电影《匆匆那年》，我是将这部电影当作青春片看的，但是看完之后，又觉得电影里讲了很多关于青春之后的事情。

电影中的方茴说："可能人总有点儿什么事，是想忘也忘不了的。"

方茴说："那时候我们不说爱，爱是多么遥远、多么沉重的字眼啊。我们只说喜欢，就算喜欢也是偷偷摸摸的。"

方茴说："我们都以为长大以后就能真正地永远相伴，于是不惜一切代价地拼命成长，但是当真的长到足以告别青春时，才突然发现，原来长大只会让我们分离……"

方茴说："长大了之后总会学不一样的功课，走不一样的路，遇见不一样的人，我们根本避免不了分道而行的命运。"

方茴说："年轻时总是爱做互相伤害的事，最后我们都很绝望，因为我们知道，能拯救彼此的只剩下分开这一种选择。"

方茴说："我真的很爱过，也真的很恨过，可是那些爱啊、恨啊，就那么匆匆过去了，现在想想我其实并不后悔，如果再让我选择，我还会这么来一遍……"

年少的时候，我们都想要手握长剑，飞檐走壁地和未来好好较量一番，我们不甘心被未来驯服，我们更渴望成为未来的主人。而今面对世界，手中长剑已经不知道遗失在了哪一个路口，面对未来的巨大入口，我们无处倾诉内心的话。

回过头，翻看同学录上的种种留言，心中会涌起一丝丝的羞赧情绪，会发自内心地质疑，这些话怎么能写出来呢？想到自己当年大概也是写了这样一些话给别的同学，脸上不禁会露出惭愧的神色。

那些年，我不断幻想着自己将会过上怎样的生活，是四处奔忙，还是安逸充实？关于未来的每一个时刻，我都充满了想象，但又无法想象。那时的我，知道自己总有一天会与未来的自己见面，想一想那个时刻，便觉得充满成就感。

但是，现在的我，却想对那时候的自己说，这一路上跌跌撞撞地向前走，其实，失去的远比抓到手里的多。不过没关系，未来的路还很长，我们还将拥有更多的未知。

青春年少的时候，我并不知道自己会在未来面对什么，拥有什么，

《曾经的你》
无论怎样，兄弟是一辈子的。

失去什么。而现在，我回过头去看看青春岁月，回忆那段岁月中的往事，那段岁月中的人，就如同电影中上演的那般，多希望有一段画面可以亲眼见证两个人许久未见，终于见面时的那一刻，我必将热泪盈眶。我不是想劈腿也不是精神出轨，而是缅怀那段曾经的青春过往。

要爱，也要孤独。那是温暖的孤独。2017.1.22

所有的人最终都会长成一棵树

有人问，你理想中的跨年是什么样？我说，就是很期待、很兴奋、很开心、很有活力，期待新的一年来到，充满期望。

突然很想在家陪陪爸妈。2016 年这一年，大多数时间都在外面，即使在家，也没有经常陪伴他们。有很多个本应该阖家团聚的日子，但我却因为工作的种种原因没能陪在他们身边。

小时候都是希望爸妈多陪陪自己，慢慢长大了，朋友多了起来，于是就从父母身边慢慢走远，不能说是疏远，也许只是和朋友更聊得来。其实父母年龄大了，只是想和自己的孩子多说说话，多在一起待会儿。

这次跨年没在家，这种感受尤为强烈，到家之后特别特别饿，特想吃老妈做的那口饭，真的觉得特别香，因为里面蕴含着深深的爱，其实老爸老妈刚吃过饭，但是立马很开心，又特地为我做了顿饭。当时我最真切的感觉就是，我有些自责，因为虽然自己在慢慢成长，在享受自己的生活，但忽视了父母的感受，以后真的要多陪陪爸妈。父母看着自己的孩子吃饭就已经很开心了，有空多回家吃饭，别觉得这是麻烦父母，恰恰相反，这是幸福的麻烦。

春节马上就要到了，一定要在家团聚，团聚就是给父母最好的礼物。不能在家过年的朋友，一定要给父母打个电话，让他们放心，知道你过得好，他们也就放心了。父母永远是给予我们最多爱，却最容易被我们忽视的人，因为他们始终默默地在我们身后支持着我们，却从不向我们索要什么。

在父母的关爱下，我们从一棵小树苗，成长为挺拔的大树，而我们却没有留意，一直为我们遮风挡雨的父母，已经佝偻了腰身。当我越走越远之后，回头望去才发现，父母已经跟不上自己的步伐了，心里会有亏欠，觉得我对父母的照顾和关心远不如他们对我的照顾和关心多，但父母从来都是让我放宽心，在他们心中，我能够过上自己想要的人生，能够开心地生活，拥有想要的未来，才是最重要的。

对于我来说，未来想要成为什么样的人，未来会过上怎么样的生活，我不会去做假设性的猜想。成长的路上，不缺各种意外，对于现在的我来说，不管生活会朝哪个方向前行，我都将保持赤诚，自由地穿行。

即使现在的我还是无法坦然地面对生活中的许多迷茫，即使现在的我还是站在十字路口不知下一站该往哪个方向走，但是，我还是愿意去相信，相信自己可以成为更好的自己，相信自己可以抵达梦想的对岸。

Quiet inside（心如止水）

I couldn't make the colors match today

（我今天搭配不好衣服的颜色）

I don't know what else to say

（我不知道能辩解什么）

Except I tried and they can't say I didn't

（但我已努力了，所以，他们不能说我没有）

I don't like the stuff they're feeding me

（我不喜欢他们强加给我的东西）

They don't like the things I see

（他们也不喜欢我的生活）

But I don't think I need to be forgiven

（可我不觉得这犯了什么错）

But I am quiet inside

（但我的内心不会被打扰）

Though they drag me by a wire

（尽管我像线上的木偶被他们操纵着）

Through the storm that cracks the sky

（就算穿过在天空肆虐的暴风雨）

I am quiet inside

（我的内心不会被打扰）

I used to be so hard to find
（曾经，我很难看明白这个世界）
Rage and tears filled my eyes
（愤怒和泪水遮蔽了我的双眼）
But now I believe I see much clearer
（但现在我相信我应该能看得清楚多了）
My clarity did not come easily
（过去我很难有清醒的时候）
My cell was knocked into me
（我不得不强迫自己的灵魂回到身体）
But now at least I know who's in the mirror
（但如今我至少知道镜子里的人是谁了）

I am quiet inside
（我的内心不会被打扰）
Though they drag me by a wire
（尽管我像线上的木偶被他们操纵着）
Through the storm that cracks the sky
（就算穿过在天空肆虐的暴风雨）
I am quiet inside

（我的内心不会被打扰）

I am quiet inside

（我的内心不会被打扰）

Though they drag me by a wire

（尽管我像线上的木偶被他们操纵着）

Through the storm that cracks the sky

（就算穿过在天空肆虐的暴风雨）

I am quiet inside

（我的内心不会被打扰）

I am quiet inside

（我的内心不会被打扰）

I am quiet

（不会被打扰）

I couldn't make the colors match today

（我今天搭配不好衣服的颜色）

I don't know what else to say

（我不知道能辩解什么）

美妙的旋律，精致的歌词，动人的情愫。

这样的歌曲就像你的手指被书页的锋利划破时，刚好有人为你递来一张小小的创可贴，在你的伤口还来不及流血时，及时为你指尖裹上薄薄的一层胶布。

一直想知道杯子里的东西好喝吗。
喜欢天台，
因为可以看向远方，
远点儿再远点儿。

很小的时候，骑在爸爸宽大的肩膀上，能够看到很远的地方，一度认为，那就是世界的全貌，什刹海就是最远的湖，鼓楼的围墙就是最高的墙。

长大之后，见了更无边的海，看过更高耸的墙，但是，都没有小时候的那种温和、淡然的感觉。小的时候，从胡同这头，跑到胡同那头，就觉得环绕了全宇宙一圈；小的时候，从长安大街到新街口一趟，就觉得走遍了全世界。

可是，现在的我，虽然可以抵达世界上任何一处角落，却再也不像小时候那样觉得拥有全世界了。有人说，越长大，越孤单，是因为越长大，越清楚自己的无能为力。曾经，我也认可这句话，因为成长的过程就是一个时间流逝的过程，在时间的流淌中，许多人和事的失去，都令我无力阻挡。

有时候觉得，成长就是一次单程旅行，买不到回程票，等不到开往出发地的火车。我们站在站台上踮脚张望，向前开的列车一辆一辆，从眼前呼啸而过，但是站台的那一端，安静得不像话。

我常在跑通告的时候，把自己窝在座位里，塞上耳机，听着各种自己喜欢的音乐，被音乐环绕着，就好像始终有一位了解我的老朋友在我身边，用温暖的大手拍着我的肩膀，跟我说：没关系，成长就是这样。

每个人都会从最初出生时的一棵小嫩芽，在人世间磨炼下，成长为一棵树。不论高还是矮，粗还是细，叶多还是枝少，不论是一棵什么模样的树，它都是一棵能为身边人遮风挡雨的树。

最终，我们身上所有的伤口，都会结痂，成为我们本身的铠甲，坚硬无比。如果说岁月让我们失去了许多，那么同时，它也赋予了我们更多的东西。以前的我，总是数着自己身上的伤口，想要与生活来一番讨价还价，想要把自己受伤的缘由一一指出，明知道生活不会理睬，依然心中负气。

现在，我已不会计较，不想再提伤口，不愿再与过去的自己斤斤计较，在人群熙熙攘攘的大都市里，我学会了踟蹰独行。偶尔在落雨的季节，撑着一把伞过人行道时，会有意无意地将伞的一端，偏向没有带伞的路人，不过是一点儿温和的力量。在这座水泥都市中，我想对于那些孤独的人，多少都是难得的慰藉。

在我们生活的周围，其实有着许多美好的事物，夜晚你抬头，会看到亿万光年之外的星光，虽然微弱，但却能亮在你的眼眸中。

以前，我不常抬头，即便偶尔瞥到星子的光芒，也不会觉得有什么特别。现在，我常常驻足，仰望头顶，星光温柔，日光灿烂，我觉得自己就像是小区里的那些树一样，慢慢扎根，逐渐长大，不再需要别人为我操劳生活，自己就能够为自己遮蔽风雨。

走过了许多许多的路，遇到了许多许多的人，看过了许多许多的云，经过了许多许多的事情，渐渐地对生活似乎了如指掌，明白了许多许多的道理，知道了许多许多的人情，看透了许多许多的世故。但不知道为什么，对于自己想要前往的方向，依然还是会在心里迷惑：到底要如何抵达?

生活教会我们一些事情，给予我们一些东西，同时也让我们遗忘一些过去，丢掉一些东西，每个人都是如此，大概没有例外。

莫泊桑说："生活不可能像你想象的那么好，但也不会像你想象的那么糟。我觉得人的脆弱和坚强都超乎自己的想象。有时，我可能脆弱得一句话就泪流满面。有时，也发现自己咬着牙走了很长的路。"

我说："你曾经以为一直在辜负你的人生，其实全是在成全你，那些你走错了的路，拐错了的弯，因为犯下的错误而流下的泪水，全都是让你成为更好的自己。"

但愿我们都能实现梦中的理想，但愿我们没能抵达的远方会一直在前方停留，我们得到的幸福和失去的欢乐，都会化作人生的养分，滋养着我们，令我们心中的树，慢慢长大，变得郁郁葱葱，能够遮蔽烈日，抵挡风雨。

永远有多远，我们不知道，未来在哪里，我们一起找。

带着关心我们的人对我们的爱，以及我们对身边人的关爱，一路上都不会孤单。

没错，事情总是有办法解决的，即便解决不了，也可以从心里宽慰自己。2017.2.10

总之岁月漫长，值得等待

2016 年发生了太多的故事，所以我要写一篇短文——《2016 我属猴儿》。

我不是一个很善于做自我总结的人，长期以来，我都觉得生活和未来是随性的，随心的，没必要苛求地框在一个方框里。我喜欢自由，渴望自由，希望能够拥有自在的生活，随心而动的人生。在这里，我只想对我的几种身份多说几句，希望自己能够在将来，做越来越好的自己。

作为一名摄影师：光与影的结合，相机可以永久地记录下最美好的瞬间。摄影是一个完全不会限制你的想法与态度的介质。拍你自己所想的，不要被人所左右。时光飞逝，那就用你手中的相机来记忆这一切吧。摄影是我此生追求的信念。

作为一名歌手：原来是单纯地喜欢唱歌，现在依旧是这样。开心了唱，失落了唱，痛心了唱，兴奋了唱，落泪了唱，狂躁了唱。歌词可以记录人生，旋律可以书写态度。唱歌就是为了寻找你的心灵所在。

作为一名艺人：我喜欢出人意料，或许作为艺人也是我人生中的意料之外。自由惯了，所以很多时候的被限制，可能是我最难接受的。但因为我深爱这个行业，所以我也只能在梦里狂欢了吧。

作为一个瓷：瓷，亲如兄弟，血浓于水。无论何时何地，如果有需要便会出现在你身边的人。不是因为认识很多年，才是兄弟。而是因为是兄弟，才会认识很多年。

作为一个儿子：世上最伟大的就是父母，这是最毋庸置疑的。他们教会了我怎样处世对人——做事先做人。用自身来教会我孝道，我深爱着他们。严于律己，宽以待人。善良是他们给予我的最大的财富，他们让我感到骄傲。

作为一个中国人：中华民族是一个伟大的民族，它的历史悠久，经历无数次坎坷依然屹立在世界民族之林，作为一个中国人我很骄傲。

我想对你们说：一些不认识的陌生人，每天都会没有理由地对你好，真的很感恩。这种感觉给了我很多很多意想不到的力量，这些力量支撑着我努力前行。我会让喜欢我的人疯狂爱上我，让厌烦我的人无限厌烦我。

最后我想对自己说：请你对待生活乐观，对待事业积极，对待粉丝热爱，对待朋友局器，对待家人温暖……

2016年对我来说是很有意义的一年，我做了许多之前从没想过要去做的工作，这一年，就像是我人生中的里程碑。

也许，明年的今天，我再回头来看，对今年的经历也不会再有什么悸动的感觉，只觉得是稀松平常的一年而已。

也许——这是我很喜欢提到的一个词，因为充满了太多的不可知，让我觉得这个词背后，藏着许多的小玄机——生命总是不可预料的，也正是因为如此，每一天都会让我觉得充满惊喜和意外。

在最初选择成为一名演员、做一名歌手的时候，我身边有人反对我进入这一个圈子，理由陈旧，但是都有理有据，无非就是“竞争激烈”“吃青春饭”“生活动荡，无法安稳地朝九晚五”……

我懒得一一反驳，毕竟每个人都有每个人的生活哲学，我既不苛求别人认同我的生活方式，也不驳斥他人的生活理论。

在那段不被人理解的时光中，我常常处于做什么事情都会被审视和指责的境地。我就像是一个时刻需要被拉进教务处，等待年级主任数落的不听话的孩子，而且不论外界对我灌输什么声音，统统充耳不闻。

年少的时候，我们总是对外面的大千世界充满了好奇，无时无刻不在渴望着能够早日去看看清楚，而那时，我们身边的大人也总是会说：“等你长大了，就可以……”

等待长大，是最初的渴望，但时光至今，我们长成了大人，却依然无法放开手脚，去做我们内心真正想做的事情，阻碍的声音总是会牵绊我们的脚步。有时候就连我们自己，也会在心底怀疑，我所坚持的这条路到底应不应该继续走下去。

也许，每个人都会度过一段特别孤独的时光，在那段岁月中，不论我们做什么，心里都有一个深不可测的黑洞，吸纳了所有我们想要靠近的光和热。

前路叵测，我们终究会领教到这个世界的顽劣与凶残，但与此同时，也会深深地体会到世界的温情和美好。

随着我的工作步入正轨，周围反对的声音渐渐小了下去。令我更加感到安慰的是，我的爸爸和妈妈始终支持着我做的任何决定，对他们来说，我能够开心、快乐地过自己的人生，就是他们最大的幸福。这两年在我身上发生了太多的事情，就好像一瞬间经历了整个人生。

不可避免各种忙碌，生活和工作围绕各种琐事打转，有时从车上下来，会一时搞不清楚自己身在何处。以前总是不可避免地担忧自己未来会无事可做，但现在又忍不住会在心里，怀念青春时光里的无所事事。

去录音的路上，阳光正好，蓝到夸张的天空，夏日里难得的好天气，让我在车里放松了眼皮。我不知道这些正在经历的岁月，对于未来的我来说到底意味着什么。

我也不知道自己经历的这些风风雨雨，会不会令今后的我感到不值。

对于未来，我一无所知。没有答案，没有选择，我只有坚持走下去，走到看到答案的那一天。

一些东西刻意去找，总是找不到的，只有耐心去等。天下万物的来来去去，总是自有它的时间。

时光就像一个巨大的泳池，我们在里面使劲扑腾，以为很快就会上岸，但没承想回头一望，四处茫茫，离岸边已经那么遥远了。我们在快速地成长，却和过去为自己设定的一切背道而驰，而又无法改变。

这个世界常常会露出它并不友好的一面，冲我们露出牙齿，而我们也不必后退，我们也有自己的牙齿。

我是一个爱唱歌的、玩世不恭的摄影师，时间之快让我觉得光阴似箭。昨天还是一个嘻嘻哈哈的少年，今天忽然沧桑得仿佛看透尘世。

2016 年的生日过得很暖心，虽然天气很冷，外面的风很大，但当时看到粉丝们为我制作的 VCR 的时候，除了惊喜，更多的是感动。那种感觉无法用言语来表述，只有心里默念无数次感谢。正是因为长久以来有爱我的人陪伴，再脆弱也会变得坚强，再无助也会变得无敌，说来说去还是那句话，真的很谢谢这一路上有你们的相随，陪伴。

所以，**不惧世界的獠牙，不怕时间的过滤，总之岁月漫长，我觉得值得等待，更好的，还在后面**。

人大概就是这样的吧，在阳光下成长，在孤单中成熟。

每个人心中的患得患失，都是消耗正在拥有的幸福。2017.2.24

最后一组照片，请你停留目光。

他们都是听力有障碍的儿童，很可爱很纯真。对于正常人来说，听力是与生俱来的，可对于他们来说，拥有听到声音的能力是多么奢侈，每每想到这里，都会心疼他们。这些孩子看见有人来看望他们，便会灿烂地笑。他们需要佩戴人工耳蜗，面对昂贵的耳蜗费用以及其他的一些治疗费用，他们的父母很难负担，那么小的孩子面对自己天生的残缺可以坚强地笑着，用自己的笑容安慰家长。我们每次来都会买一些吃的和用的给他们，陪他们玩一会儿，但也只是很微薄的力量。

希望有更多人了解这些孩子，来帮助他们。我们并不需要借着帮助这些孩子的名义来宣传自己的人，我们需要的是真心想帮助他们的人。不要可怜他们，尽可能地给予他们阳光与关爱。

中国有很多很多需要帮助的孩子，那些一直投身于公益事业的人真的很可敬。

北京还有很多这样的儿童救助机构，希望大家有时间可以去看看他们，因为他们看到我们，就会露出最美的微笑。

地址：驹章胡同社区服务站

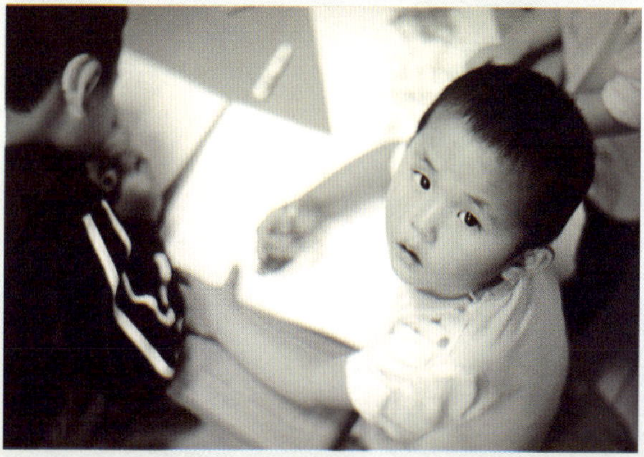

他就这样看着镜头，看着我。每每看到这样的目光并且了解他自身的缺陷时，心里都会痛得发颤。

孩子不哭。

虽然你听不到，但至少你拥有明亮的双眸。你让我知道了即使身处困境，也可以坚强地笑起来。

就喜欢看着你画画，虽然画得乱七八糟，但就是喜欢你的画风。可爱的小鬼。

小时候摔倒，看看周围有没有人，有就哭，没有就起来。长大后摔倒，也是看看周围，有人就起来，没有就哭。

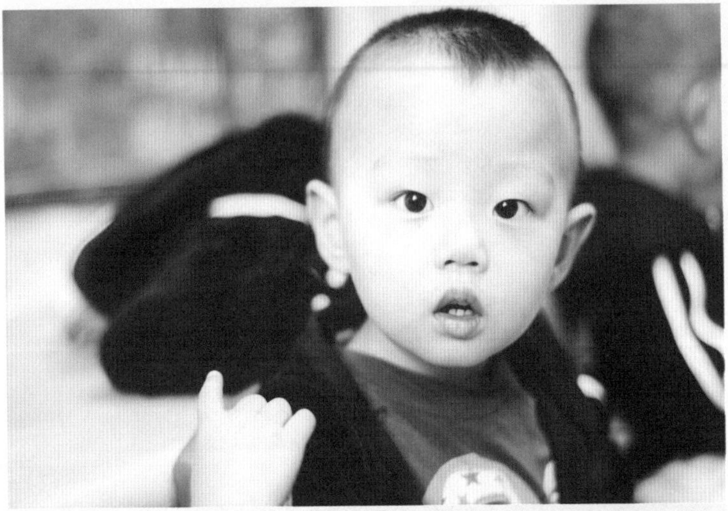

孩子的眼睛是最明亮的星星。

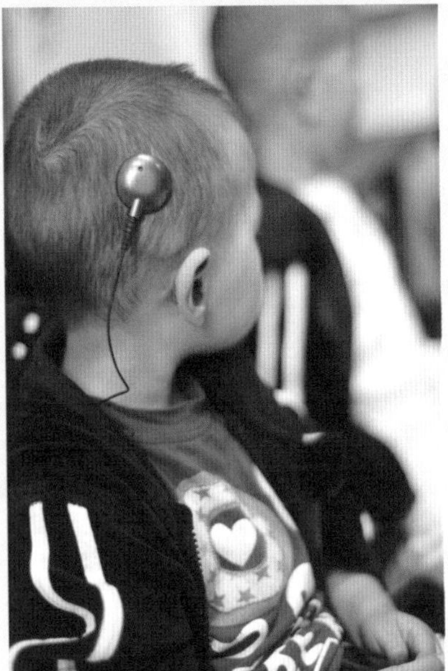

希望你们以后可以摘掉助听器，用自己的听觉去感知这个依然温暖的世界。

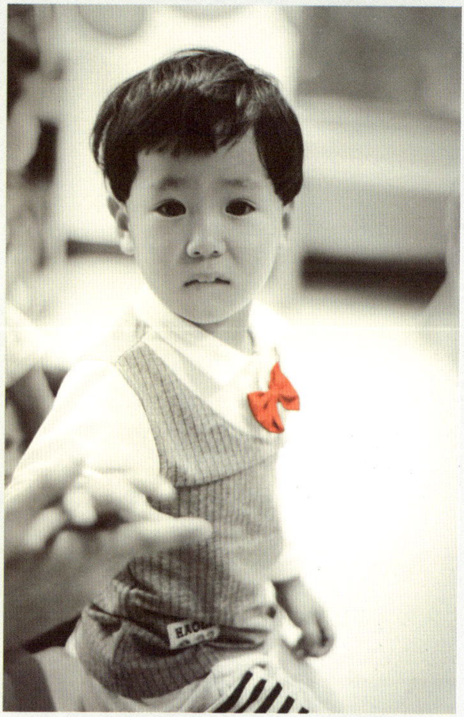

顽皮又执拗的你，希望长大后会坚韧不拔。

可爱的孩子们，希望你们以后一切安好。

后记　孤单的自己，请张开双臂

2017年到了，第一次在外面跨年，在工作中跨年。第一次在这么大的地方当着这么多人的面唱歌，开始的时候特别特别紧张，但当我们几次在后台跃跃欲试想要上台去，都被告知还未到我们的时候我的心里就几乎平静下来了，之前担心的忘词、因为场地太大跟不上节奏这些问题都不再担心。

演出也顺利完成，在台上看见了支持我的人举着有我名字的灯牌，心里顿时踏实了很多。真的很感谢很感谢喜欢我的人，追随我去天南海北，到哪里都可以看到他们的身影，心里很踏实，很温暖。

几乎每次演出之后，都是热烈的气氛，但是回到家，或者回到酒店之后都是格外安静，甚至是有些冷清了，因为反差太大，瞬间从几千人的场面到独自一人。开始的时候并不适应，后来慢慢习惯了，这就是一个艺人所应该承受的，只是夜里真的容易失眠，脑中频频闪现演出时候的画面。别人在有朋友、家人陪伴的时候，我却在外面工作，其实这就是一个男人成熟的表现吧，不再躲在家人的庇护中，不再去向朋友们讨要存在感，只要自己过得心安理得，自然可以让周围的人开心快乐。

2016 年这一年，我确实经历了不少，从意气风发到沉沦低谷。每个人都有好的时候，也有坎坷的时候。那时候确实自己都觉得自己像行尸走肉般狼狈。我没和任何人提起过那时候我心里的感受，因为大多数人会觉得任何事情对于我来说都不叫事儿，可能生活中我总给别人大大咧咧的感觉吧。

对太亲的哥们儿说不出口，说多了矫情；对不熟的人讲不出来，他们不会理解，更不会倾听；对那种不远不近的人多说无益，他们也会把这些当成耳旁风吧；更不想对家人提起这些，怕他们会担心。

在当时那种情况下，真的只有自己把所有委屈、愤怒都憋在心里。那时候有话不愿说，对什么都提不起兴趣。我本是一个对他人抱有信任并且友善乐观的人，那时候好像对所有人都有了防备心。对于我这种天生乐观，爱相信别人的人来说，每时每刻都在注意自己的一言一行，是一种多么疲惫的生活。难道世间不应该充满真善美吗，为什么要提防着别人呢？

有人说艺人不就应该这样吗。“应该”是一个多么冷漠无情的词语啊，可以把它冷酷地强加在别人身上，把困难全留给别人，把光鲜留给自己。

为什么事情放在普通人身上根本不叫事儿，放在艺人身上就会被无限放大，而且总有一些人天天闲着没事干，爱胡乱挑事，大嘴巴乱喷，不知道他们是天生就这样，还是后天学的专业叫“羡慕嫉妒恨，看不得别人好，专业黑人造谣言”。

我谢谢你们煞费苦心地去编排我，辛苦了，我会让你们看到你们这样对我之后我会活得更好。我渐渐明白了，自己活着不是给别人看的，尽管工作的特殊性在，但作为我来说，可能还是自由与快乐更重要一些，我也渐渐不那么重视别人对我的看法了。**对待黑我的人，我会说：“谢谢鼓励！”**

活得更阳光一些，珍惜那些在乎你的人，尊重那些贬低你的人，相信那些爱你的人，无视那些侮辱你的人。让正能量与阳光多多洒落在生活里，看着天空，淡淡一笑。

后来有一段时间，我很排斥与别人交流，并且有些提心吊胆，我甚至失去了与别人交流的自信。直到我开始写歌、旅行、继续拍摄照片的时候，我突然发现在做自己热爱的事情的时候，就可以完全抛开烦恼，找回自我，找回自信。

经历了一些事情之后，才会知道哪些人是真心对你，哪些人是表面对你好，内心巴不得你死无葬身之地。以前我一直认为我身边不会有这种人，原来这种人是远离不了的。有些人说会永远喜欢、支持你，但出了事情，立马掉头炮轰你。真正的朋友从来不会拿朋友的成就去满足自己的虚荣心，我庆幸我身边都是真朋友。

那时候我真的感觉像被全世界抛弃了一样，那种绝望难以言表。

所以我特别感谢一直支持我、喜欢我的人，如果哪天你们也走了，没关系，我感谢你们这一段日子的陪伴，毕竟人都是自由的，是去是留都不是我能控制的，我只能做最好的自己来感谢你们的喜爱。

你们走我绝不送，当你们再来时，我依然会像老朋友一样温暖迎接。

当然，在过去的一年里，我也学到了许多，收获了许多。最令我高兴的是，我送给自己一份礼物，同时也是送给一直陪伴我、支持我的每个人的一份礼物。我完成了自己人生中的第一本书，在过去一年的日子里，我断断续续写下了我想要和大家分享的故事、心情。

现在，外面夜已经很深了，大部分人都应该进入梦乡了吧。在这样一个普通日子的深夜里，我独自一人坐在台灯下，对着发出幽幽光亮的电脑屏，敲下这最后的文字。是的，这本书终于写完了，心里长长松了一口气。这几个月来，我一直就像临近开学的小学生一样，拼命地赶着没写完的暑假作业，内心又焦灼，又担忧。担心自己写下的文字不够好，会让你们失望，担心你们会不喜欢我的这份礼物。可不管怎样，这是我用了心的礼物，是刻在我生命中的一部分。

我想起几年前，刚开通新浪微博的时候，我会发一些碎言碎语在上面，也会发一些照片，就像自家小区后面的一块“自留地”，我随意在上面播种着与自己有关的心情和小事，无人打扰，无人参与，自得其乐。

想不起是从什么时候开始，微博上来来往往的人越来越多，给我留言的人也越来越多，常常一整天不看微博，晚上打开手机，能看到许多个 @，每当我看到粉丝数不断增长时，脑海中总会闪现出许多的画面。

我想起许多个同样寂静的夜晚，我独自一人看着网上和自己有关的新闻，其中有实情，也有不明真相的揣测，虽然心里告诉自己这些都不重要，重要的是今后自己如何去努力，朝哪个方向去努力，但是心里依然免不了波澜起伏。

在微博的私信里，一位粉丝给我留言：加油！看好你。

严丝合缝的黑暗中，被这样简单的几个字带进了足以让我眼睛湿润的光。人生总是会遇到各种各样的困难，但不管怎么样，我们都还是要坚持走下去，行进的过程中，正是因为有了这些看似微不足道，却蕴含巨大能量的声音，才让我们更有力量。

我喜欢听熟悉的人或者陌生的人，对我讲发生在他们身上或者他们周围的故事，那些故事中的甜或苦，最终都变成了淙淙的清泉，从我们心上淌过。

《挪威的森林》中，绿子在与渡边约会时问道：“你喜欢孤独吗？喜欢一个人旅行、一个人吃饭、上课的时候一个人坐得远远的吗？”渡边一语道破：“哪里会有人喜欢孤独，不过是不喜欢失望罢了。”

没有人愿意孤单，只是因为找不到可以给自己温暖的怀抱罢了，我一向相信音乐和文字都是可以治愈每一个孤独症患者的良药。

我不擅长写文字，但依然坚持将这些年所看到的、所想到的、所听到的记录了下来——以文字的形式。书中的故事有我自己的，也有别人的。每个人都有自己的生活，我们无法对彼此感同身受，但站在各自的位置，相互倾听，这样子，内心也就不会那么寂寞。

我还是相信这个世界并不完美，你无法决定下一站遇到的是晴天还是雨天，你唯一能够决定的就是你的态度。所以，我们时常会感到孤独，因为夜晚来临，人潮退去，我们眺望城市远方，灯火明亮，只是没有温度。

孤单是治疗落寞的止痛药。不要紧，在这个世上，有一个普通的你，还有一个普通的我，我们为错过全世界而感到孤单，但我们始终与自己温暖相伴。**让我们一起把岁月变迁走成一世美好。**

也许，在某一个不经意的时刻，不经意地一瞥，这本书就会闯入你的眼帘，但愿会有小小的瞬间，我在书中所记录的片段，能够温暖到你。

孤单的自己，孤单的时候，请张开双臂，如果不能拥抱别人，起码抱抱自己。

此时此刻，当下当时，我虽然无人陪伴，但内心并不觉得空落，这本书，应该就是我在2016年送给2017年的自己最好、最真实，又最有意义的一份礼物了吧。也是送给与我一路相随的你们，最用心的礼物。真的谢谢你们，承蒙关照，感谢尽在不言中。

最后我希望2017年所有人都过得开心，每一天都要比前一天进步一点儿，这样就会成功了。这一年经历了很多，开心、悲伤、兴奋、痛苦，这大概就是人生百味吧。不再回味不再感叹，只需前行。2017年，希望自己会变得更好，可以成为自己希望成为的那个人。

最后的最后我想说：年轻的时候不奋力拼搏，老了拿什么话说当年！

附：粉丝来信

嘿，蔡照先生，你好呀！

听说要给你写信的一瞬间，我脑袋里闪过许多念头，提起笔来，却不知该说些什么！

大概是因为，华丽的修饰辞藻苍白空洞，无法表达我内心深处的欢喜。

陈粒说，我看过沙漠下暴雨，看过大海亲吻鲨鱼，看过黄昏追逐黎明，没看过你。

张悬说，在所有物是人非的景色里，我最喜欢你。

林夕说，在有生的瞬间能遇到你，竟花光所有运气。

而我说，蔡照先生，与你相遇，真的好幸运。

你是如此特别的人，有时候的你，男人味爆表；有时候的你，却可爱得像蔡三岁。

而每一个多变的你，都是最特别的你。

我记得你每一次活动散场时深深的鞠躬，不厌其烦的感谢，温暖有力的手掌，谦逊有礼的微笑。

原来，不知不觉间，我们已经共同经历了这么多。这些美好一直被我妥帖地放在心里，时常回忆，鲜亮得宛如发生在昨日。

我们笑过，哭过，安静过，也疯狂过。

人的一生这么长，难免会遇见难熬的时刻，可正是因为这些不完美，才让我们成长为更好的人。很高兴，你的这段路上，有我的参与。

你总是在感谢粉丝们的陪伴。傻瓜，家人之间无须客气。

我想对你说，别害怕孤独，因为我们会一直是你身后的千军万马。

最近很喜欢的一句话是：乍见之欢，不如久处不厌。

我不知道自己会陪你多久，我只知道，只要你在，我就会在。

23 岁，你拥有了我们。

23 岁，我拥有了你。

感谢有你，让我想要成为闪闪发光而又温暖的人。

愿陪你度过漫长岁月。

@ 亦心心心心 _

蔡先生，我先向你道一句午安。

你今天是不是像往常一样出没在老北京的某个角落里，脚下踩着不知道什么年代的青石板，或是穿过人来人往的柏油路，用你宠爱的徕卡拍照，戴着墨镜——这个老伙计。

有一种莫名的罗曼蒂克的味道。

今天我离你依旧是2121千米远，没有见面的日子是285天加1再加1，在南方一个不出名的小城市里，某个教室里，我写着模拟试卷，一样戴着老伙计——眼镜。

从窗外飘进来的总有冰糖葫芦的吆喝声，孩童稚嫩的嬉笑声，车辆急切尖锐的喇叭声。在某一瞬间，和你耳边的声音，也许重叠。

在285天以前，我拿到了一颗野玫瑰的种子，它在手机屏幕上发芽。它看着你变成24岁的男人，看着我变成17岁的小姑娘，旺盛地生长。

养料是你的照片，你的声音。

还有，你的名字。

它摇摇晃晃，像你偶尔搞怪时晃动着身体的模样。如果可以的话，也许它还会想学你蹦京腔。当从听筒和屏幕传来你的声音和画面时，它最是喜欢拉长了身子，分辨属于你的独特的一切。

因为，这是唯一一个，离你最近的方式。

其实也不太对，毕竟我托了一个穿军大衣的仙女，在你 24 岁生日会上，向你转告了一句话。野玫瑰冲着手机话筒对她说："有一个小姑娘，很喜欢你，祝你生日快乐。"带着羞涩和难为情，为这即将送出去的话语。

血液倒流、精神癫狂、心跳如雷这些，并不足够写出我那时候的状态。只能笼统地说，在南方湿冷的大冬天里，我的脸红得和猴子屁股一样，旋转跳跃一整天。

我的声音，野玫瑰的声音，要被你听见了。

这是绝无仅有的，第一次。

而在这里，也许是第二次我离你最近的地方。有机会要被你看见，通过文字。

所以，请允许我胆怯但坚定地说：

"我喜欢你，蔡先生。"

@你看这条单身狗好像一个人欤

第一次见你，你叫郭城宇，你说，“慌什么，爷在这儿呢。”

点进 @ 蔡照 CAY-Z，发现你是个摄影师，拍小姑娘、小动物、各种景色都很好看的那种，唱歌声音特好听的那种。

点进唱吧，听你唱各色民谣，听的第一首歌是《小苹果》，到现在都觉得能把《小苹果》唱得这么苏的也就你一个人了。

再后来，每天都等花絮放出来，看了十几遍你被黄毛小帅壁咚那段，觉得这两个男孩子真是太可爱了，是特苏特帅的北京大老爷们儿。

然后就一发不可收了，从 2015 年 5 月到现在再到以后，你的名字便留在了我的青春里。

翻你以前的微博收图，下载你的歌一次次循环播放，等中午的、下午的、凌晨的唱吧，整个 2015 年的夏天都是你的声音，现在听见好多歌，脑子里自动播放的都是你的版本。

你总有特别打动我的地方，低音炮的晚安，冬天凌晨的汉堡，双手递写真，时刻不忘的鞠躬，好看的、温暖的手，还有那句“都是姑娘，温柔点儿”。

见了你好多次，有近的有远的，有握手有拥抱，盛夏的上海，秋冬的成都，春天的深圳，寒冷的北京，尽我所能去见你，千里万里去见你。

你说了很多次感谢感恩，也说了很多次孤独寂寞，希望我们的存在可以让你温暖一些，能遇见你真的是一件很幸福的事情，茫茫人海，都是缘分。你看这么多姑娘都爱着你等着你呢，你永远不会一个人。

要是能重来，我还选你，蔡照。

最后说一句作为结尾：

“蔡照我们结婚吧。”

@纹了个兔子

写东西对我来说一直不是什么难事，就算纠结也是很幸福的一件事情，没想到今天写来写去，胸有成竹也变成了手足无措。

这一年多来也为你写过好多东西了，几封信，几张便笺，无数条微博和备忘录里不愿被他人知晓的文字。

喜欢上你是我身边的人都没想到的事情，可是我的的确确在那么多人里，第一眼就看见了你。他们都说这不像我，但是我心里清楚，这确实是我。

我在南半球一个平淡如常的寂静夜晚，翻遍了你的微博，又一遍遍地听你的歌，心里肆意翻涌起我不甚了解的感受。喜悦的、无限憧憬的、美好的、好久没有过的……发自内心的开心。

我还是选择藏起自己的心思，一如既往。寥寥几个知道的人调笑着，说我终于还是落了俗。不再拿着架子高高在上，也谦卑了起来。

我时常说世上一定有许多人比我更爱你，可是能让我这么爱的，恐怕只有蔡先生你了。

翻译成人话大概就是，我真的栽了。

我喜欢叫你先生，一部分是因为，知晓的人知道我是在说你，不知晓的人便不需要知道。另一个原因是感觉。

记得刚知道你的时候是在 Instagram 上翻到一张你的旧照，你戴着墨镜穿着西装，肩上搭着皮草手上捧着一本书。那一瞬的感觉，就像是突然站在了深山里的古泉旁，阳光被还停留在上古的空气滤过，全部洒在我的头顶。我了解姿态大抵是摆出来的，隔着墨镜也看不清你的眼神，可是却让我的灵魂都因此沉静。

那时的我正在经历人生里一个无法言说的时段，压力很大，情绪很多，却无法言说。不是无人倾诉，而是无人能懂。那时我开始特别想家，看见你就会想起万里长城和我几年没见过的被雪覆盖的北京。想着多少人在这里落不下脚，却被我们东奔西跑的人称为家。

我感激缘分，在一个恰当的时段让我知道了你。早几年晚几年可能都不行，千言万语，化作正当时。

后来发生了很多事，人们说你与我所想的不同，我却知道你与我想的无异，只是与他们想的不同罢了。

我常说，我感觉我懂先生。所以我听先生的歌时会很想哭，一颗心脏跳动着破冰而出。像是隔着时光第一次遇到了与自己一样风尘仆仆的旧乡人，我们虽不认识却有种莫名的熟悉。

很难确定，但冥冥中，就是知道。

人活着都有沉重的包袱，我想你令我敬佩的就是你很自然地背负着一个包袱。不是作为摄影师、演员、歌手或是其他的身份，而是背负着一个名为蔡照的包袱，你，作为你自己的责任。

若说这世间自由才是最大的不自由，那也许背着包袱的不自由也是种幸福。

在我心里先生是个像树一样的男人，生长中的大树，生机勃勃，永不停歇，拥有无限可能。

身边的人总说，我把你想得太脆弱，可那并非脆弱而是人之常情。没人会知道你到底承担过多少，这世间的感同身受真的少之又少，到底是事不关己总可以高高挂起，水到底是温是凉，喝的人才知道。

说起温柔，许多人都记得你半夜送汉堡，记得你说“都是姑娘，温柔点儿”，但是我印象最深的却是2015年8月，人祸之后，你发了一首《玫瑰玫瑰我爱你》。我几乎是听到歌词后立刻就哭了，心想赤子之心，不过如此。有人说你不合时宜，我却觉得你温柔又细腻。

我没有把你捧得太高，我只是太喜欢原本的你。

我会因为他人企图用成见禁锢你而狂怒，又因为发现你一直在坚持而狂喜。我常将这自嘲为助纣为虐，可我心里清楚，我离你那样远，我怎样想是左右不了你的选择的。

矫情时我也说过，我是一个苦闷的个体。

但你给予我的喜悦与趣味远超过了我在这世间看到的纷扰，像是圈了你周身的一片地为净土。我一心想把我所有的坚持与深情，都留与你。

我们全在这个世上孤独地活着，仿佛不被理解也没有关系。

但是遇见你的时候，我没办法无动于衷，于我来说那就是第一次知道，原来真的有人活成了我喜欢的样子，过着我向往的日子。传统而不封建，热烈又固执。就像是在寒冷冬夜里漫无目的地前行时，看见远方有点点的光亮。

我了解你，我不了解你，也许都不重要。漫漫长夜里，你做过我的光，我便也想回馈你哪怕一点点温热。

对你的爱，源于欣赏，发展于了解，决堤于相逢。

先生有热烈的一面，有不稳重的地方，有各种各样的情绪，有独特的脾气。成熟了的男人却也是天真的孩子，幼稚起来招人恨却也惹人爱。那样鲜活。

有些也许并不能被他人接纳，却也都是你的一部分。从开始就知道你并不完美，却没想到不完美的你更真实，更令人欲罢不能。

那时看不得别人指责你，恨自己无能为力。不能安慰你，更无法力挽狂澜。却又惊艳于你的固执与倔强。

那些夜晚我辗转反侧，想你会有多难过，想你的孤独，想那些别人都以为你不在意的，你又怎么可能不在意。

我心知无人能替你抉择，但是至少我可以选择支持你所有的决定。

在我心里你还是有变化的，以前的桀骜也磨平了不少。有过一瞬的感慨，但又在听到《孤》的时候长舒一口气。有些东西是刻在骨子里的，也许看不见了，但不会消失。

你终究是要长成参天大树的，却又小心翼翼地维护着自己最初的根本。

我想我爱的是先生你本身，很难因为组成先生的那些数据的改变而改变。

关于你的，我都可以爱屋及乌，但却不是因为这些才爱你。

我爱的是蔡照这个结果，所以你的过去、现在、未来我都可以接受，可以欣赏，可以为之感动。因为这些组成了你，少一点儿多一点儿都不对劲。

理智地说，我不可能忽略了你的皮囊，却也无法放弃你的灵魂，因为这些本来就是一体的。

我总是很克制，怕别人的误解，又怕连你也被误解。今天写下这些话，大概是我最大的不克制了。

若有一日，我因为生活的重压暂忘了热爱，愿这篇文章提醒我，热血莫成冰。

你就是有这种魅力，让我对你的爱，一直可以延续。

余生很长，世事难料。

我希望你拥有一个最幸福的人生，不是普世定义的成功，而是你自己的无悔。

然后，希望有一日重逢之时，你我都带着自己的包袱意气风发。

只要你一天还是蔡照，我就仍会爱你，像我信里写的。

我们都加油，就像那天你对我说的。

@蔡先生的徕卡 Leica